偏愛獅子と、
蜜檻のオメガ

～カースト底辺は獣人御曹司に囚われる～

伽野せり　著

Illustration
北沢きょう

エクレア文庫

CONTENTS

登場人物紹介

御木本獅旺
（みきもと・しおう）

【獅子族のアルファ】
エリート寮長

獣化した獅旺

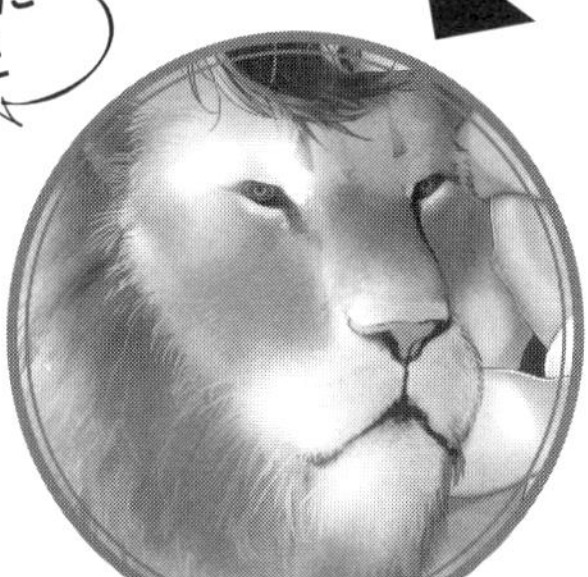

お前は
俺たちアルファの
訓練用の餌だろ？

大谷夕侑
（おおたに・ゆう）

【ヒト族のオメガ】
エリートアルファ学園
唯一のオメガ奨学生

偏愛獅子と、蜜檻のオメガ
～カースト底辺は獣人御曹司に囚われる～

第一章

——あ……、発情がきた。

身体の内側から、ふいに熱がわきでるような感覚がやってきて、大谷夕侑は手にしていたシャープペンシルをノートに落とした。

目の前の数式や二次関数のグラフがぼやけてゆがんでいく。同時に下腹からマグマの塊が発生し、喉元までグワリとせりあがってきた。

心臓がドクンと大きく波打ち、衝撃に吐き気を覚える。夕侑は教科書の上に顔を伏せて、背中を虫のように丸めた。

手足がガタガタと震え、息が荒くなり、その震動に制服の下につけている貞操帯が肌を刺激し始める。発情期にはいつも苦しめられる拘束具の感触に、膨らむ性器を必死に押さえこみながら周囲をうかがった。

午後一番のけだるい授業を、クラスメイトらは静かに問題をといたり、眠気をこらえたりしながらすごしている。誰もまだ、夕侑の変化に気づいていない。

——早く、先生に、知らせなきゃ……。

「……んっ」

思わず声がもれそうになってハッと口を塞いだ。

「大谷くん?」

教室の最前列、真ん中の席に座っていた夕侑がわななき始めたのを見て、目の前の教卓に立つ教師が声をかけてくる。

ジクジクと潤み出した身体が、誰かに挿れて欲しいと訴えかけてくるのをこらえながら、目配せをして発情が始まったことを知らせた。

夕侑のサインに気づいた教師が、授業の手をとめ卓上にあったノートPCを操作する。

すると三分たたずに、校内放送が流れてきた。

『発情耐久訓練、開始。訓練、開始。生徒は理性と節度を持って行動するように。教室を出た者はペナルティ一、獣化した者はペナルティ二、バーストした者はペナルティ三――』

その放送に、一緒に授業を受けていたクラスメイトらが驚いて顔をあげる。

放送が終わると教室の扉があいて、大柄な体育教師が入ってきた。

「大谷くん、移動だ」

「……はい、わかりました」

夕侑は自分が放ち始めたフェロモンに朦朧となりながら、椅子から立ちあがった。

やってきた体育教師に支えられて、一緒に入り口に向かう。その際、ちらと後ろを振り返った。

すると男子しかいないクラスメイト全員の、発情に惑わされた燃えるような眼差しが突き刺さってくる。

おびえつつそれらから目をそらし、教師と共に廊下に出た。

「大丈夫か、大谷くん。いけるか?」

教師の問いかけに、ふらつきながらもうなずく。

「はい、大丈夫です」

よろめく足で廊下を進んでいくと、応接室の横にかかっていた鏡に自分の姿が映っていることに気がついた。

大きな鏡の中には、胸が悪くなるような欲情に浮かされた青年がいる。

まっすぐな黒髪に、瞳は大きいがそれ以外は平凡な顔立ち。背丈は同年代の平均身長、体重はそれより少なめだ。

何の魅力もない普通の容姿だが、今は『発情(ヒート)』という特殊な状態になっているために、瞳は充血し、表情は誰彼かまわず誘う娼婦のように妖しくなっている。

夕侑は自分のそんな姿に不快感を覚えた。

教師と一緒に急いで校舎を走り、裏口から外に出て、敷地の西に広がる森へと進む。

「早く、早く」

森の手前の空き地には、鉄製の頑丈な柵が、直径五メートルほどの円を描いて設置されていた。

その真ん中に三メートル四方の檻が用意されている。周囲には、発情抑制剤を注射した教師らがひかえていた。十人ほどいる教師の中から、白衣を着た学校医の神永(かみなが)が近づいてくる。

「大丈夫かい、大谷くん」

「はい、まだ動けます」

夕侑は神永の手をかりて檻の中に入った。ひとりで真ん中に立つと、檻に鍵がかけられ全員が柵の外へ出ていく。

すると数分たたずに、校舎からワラワラと肉食獣の群れが出てきた。

狼、ヒョウ、虎、ハイエナ、熊――。

それらは先程まで教室でおとなしく授業を受けていた生徒たちが変化したものだ。

彼らは皆、目を見ひらき、牙をむいてよだれをたらしている。

雌を襲って孕ませようとする雄の形相だ。

夕侑は怖気立った。

発情耐久訓練は今回で四度目だが、回を重ねるごとに彼らの情欲は強くなっている気がする。

「ペナルティ三の生徒がきます。柵に手をかけた者から抑制剤を注射してください」

スマホで状況を録画している教師が、簡易注射器を箱から出している教師に呼びかけた。

狼に獣化した生徒が、最初に鉄柵に飛びかかる。頑丈な柵がガシャンと大きな音を立てて揺れた。

吠え声に刺激されるように、他の獣化した生徒らも次々に柵に体あたりしてくる。

夕侑はそれを熱に浮かされた目で見つめた。

彼らの狂ったような性欲が手に取るように伝わってくる。そして、呼ばれるように自分の中からも欲望が燃え立つ。

――襲って欲しい、犯して欲しい、というおぞましい願いが。

一匹の熊が、鉄製の柵を力ずくで壊してしまうと、あいた空間から獣たちが中に入りこんできた。

「まずいぞ！　抑制剤を早く！」

教師のひとりが大声で叫ぶ。

しかし間にあわず、夕侑の入っている檻に獣たちが続々と襲いかかってきた。何匹もの獣が四方八方から檻を揺さぶる。

檻は頑丈だったが、夕侑は中でよろめいた。ジャガーが隙間から前足を突っこみ、爪で制服を引き裂く。逃げようとすると、反対側からハイエナに同じように襲われた。

服はあっという間に破かれてしまい、ほぼ全裸になった夕侑は檻の真ん中にへたりこんだ。

剥き出しの腰から下には、頑丈な貞操帯がはめられている。細いビキニのような形状のそれは、鋼とカーボンファイバーを使用した特注品だ。

恥ずかしさと怖ろしさ、そして身のうちからわき出る欲望に苦しみながら身体を丸める。

早く終わって欲しい、早くしずまって欲しい。こんな地獄のような苦しみは耐えられない。

「グオオオゥゥッ」

震えながら目をとじていると、ひときわ高い吠え声が聞こえてきた。群れる獣らのどの声よりも強く、威容に満ちた咆哮が耳に届く。

瞼をあげれば、檻にはりつく獣らに次々と噛みつき、遠くに放り投げる獅子の姿が目に入った。

栗色のたてがみをひるがえし、牙をむき強靭な筋肉を波打たせて闘っている。その姿は獣たちの中でも飛び抜けて雄々しい。

やがて荒ぶる獣らに順々に抑制剤の注射が打たれ、ヒトの姿に戻っていくと、最後に檻の真上に君臨していた獅子も、しなやかな身のこなしで地面におりて素直に教師から注射を打たれた。

すると獅子はゆらりと身を崩し、堅強な肉体を持つひとりの男へと姿を変えた。

高い背丈に、ミドルショートの栗色の髪。後ろ姿のため表情は見えないが、素裸の肢体は人になってもなお王者の風格を漂わせている。

彼は地面に倒れている生徒たちに向かって、声高に言った。

「訓練用オメガは手出し禁止だろう」

よく通るはっきりとした声が響く。

「守れない者は、獅子に噛まれる覚悟をしておけ」

強く釘を刺すと、怪我を負った獣人らが従うように呻吟した。

男が振り返り、金茶色の目を輝かせる。

夕侑はその猛々しい瞳に激しい情欲を覚え、炎にのまれるようにして意識を失った。

＊　＊　＊

夕侑の通う私立王森学園は、富士山麓に広大な敷地を持ち、日本全国から集まった文武に優れた獣人の生徒らが日々勉学にいそしむ全寮制の進学校である。

現在、夕侑はこの学園の高等部一年に在籍していた。

この世界には、人口の九割にあたる『獣人』が存在する。残りの一割は『ヒト』のままだが、遺伝学的に『生粋の人間』はほとんどいない。

大昔は、獣人などこの世には存在しなかった。人間はすべてヒト型でしかなかった。

しかし百年ほど前に世界的なウイルス性疾患が流行し、その影響で遺伝子が変異して新たな人類が誕生した。

多くの人々は、ネコ目の獣の姿と、ヒトの姿を自在に変化させることができるようになり、世界にはさまざまな獣人があふれるようになった。

現在では、獅子やヒョウ、熊や狼など多種多様な獣人が街中(まちなか)を闊歩している。

そして同時に、この変化はもうひとつの奇異な現象も生み出した。

人間に、新たな性別である、バース性と呼ばれるものが発生したのである。

人類には男女というふたつの性別があるが、それとは別の性が、この疾患の影響で遺伝子上に生まれ出でた。

バース性には、三種の性が存在する。それぞれ、その特性からアルファ、ベータ、オメガと分類され、このうちアルファは性器の根元に独特な瘤を持ち、知力、体力ともに優れた特別な種で、人口の〇・一パーセントを占めた。

逆にオメガは人口の〇・〇一パーセントしか存在せず、男女ともに子を産むことが可能な希少種であり、そして残りのごく普通の人種はベータと分類された。

オメガは生物学的にはひ弱な種だったが、『発情(ヒート)』と呼ばれる発情期を迎えると、強力なフェロモンを発してアルファを誘うという特色があった。

獣人は嗅覚も鋭い。オメガの発情にとらわれたアルファは、オメガを襲いたいという欲望から逃れられなくなり、そのためオメガ絡みの性犯罪はバース性の誕生以来、とだえたことがなかった。

理性も吹き飛ぶ嵐のような発情に、平穏な生活を壊されたアルファとオメガは数知れない。

獣人はフェロモンにあてられるとヒトの姿から獣化し『バースト』と呼ばれる『ただの獣』の状態に陥ることがある。

バーストしたアルファ獣人はときに行為の最中にオメガを殺してしまうこともあり、その対策は大きな社会問題となっていた。

王森学園は、アルファ獣人のみを受け入れる六年制の男子校であり、将来有望な若者たちのために、独自の発情対策を検討していた。

そのうちのひとつが発情耐久訓練である。オメガのフェロモンを体験し、それにさらされたときどのように対処すべきかを学ぶ教練が設けられていた。

そして夕侑は、訓練のために特別に高等部から入学を許可された、オメガの奨学生だった。

獣人に変化しないヒト族のオメガである夕侑は、獣人よりフェロモンが強いのでこの訓練に最適なのであった。

「抑制剤の効きが悪くなっているな」

学生寮の保健室で、夕侑の診察をしている神永が手にしたフェロモンカウンターの数値を見ながら言う。

「きみに薬を投与してから三時間たつが、まだ正常値におさまっていない。これは多分、きみが入学前に、施設で与えられていた粗悪な抑制剤が原因だろう」

診察台に座った夕侑は、ほてる身体を持てあましながら神永の言葉を聞いた。訓練中、強い発情で意識を失った夕侑はここに運ばれ、抑制剤を投与されて休んでいた。

「……そうですか」

横においてあった学校指定のジャージを引きよせ、羽織りながら答える。

生まれてすぐに、オメガ専用の児童養護施設前に捨てられた夕侑は、十五歳になるまでそこで育てられてきていた。

顔も知らない両親は、きっとオメガだったという理由で夕侑をうとんじたのだろう。そういう理由で捨てられるオメガの赤ん坊は多い。

「すみません」

「いや、これはきみのせいじゃないよ」

夕侑の謝罪に、神永が首を振る。

オメガ専用養護施設には、国からの補助金が与えられていたが、それでも経営はどこも苦しかった。夕侑のいた施設の所長も、オメガの子供に抑制剤を与えて発情を管理していたが、薬は海外から輸入した安い粗悪品ばかりだった。

効きが弱ければ量だけ増やす。そのせいで発情バランスを崩した子も多い。夕侑もそのひとりだった。

「けれど、対策は考えないとな」

体温と血圧を測りながら神永が唸る。夕侑も不自由な自分の身体にため息をついた。

このままでは奨学生としての役割をこなせなくなる。授業料と寮費の免除、加えて卒業後の進学の補助まで約束された今の環境を、こんなことで失いたくはなかった。今まで人一倍勉学にはげみ、受験で奨学生枠を勝ち取ってこの学園に入学したのだ。

夕侑は高等部一年の中でも、五本の指に入るほど成績は優秀だ。その努力は、将来世界中のオメガのために役に立つ仕事につきたいと考えているからだった。

「失礼します」

神永が処方を思案していたら、ドアがノックされて制服姿の生徒がふたり保健室に入ってきた。

「先生、匂いが寮内にもれていますよ。夜間訓練でもするつもりですか」

尊大な物言いでやってきたのは、高等部三年の生徒会長で、寮長でもある御木本獅旺だった。

百九十センチある身長に、バランスよく筋肉のついた身体。少し癖のある栗色の髪に、金茶色の瞳。端整な顔の作りは、男らしく野性味もある。それは彼が獅子族の獣人だからだ。

先刻、檻の上にのぼって他の獣人生徒らを蹴散らしていたのは彼だった。

「また抑制剤が効いていないのか」

獅旺が夕侑を見おろしながらきいてくる。

彼はこの学園で一番優秀な生徒であり、しかも大企業を多く抱える御木本グループの御曹司だった。

将来は日本の経済界を背負って立つであろう、アルファ獣人の頂点に君臨する獅子の化身である男は、上流階級に属する人間らしくいつも自信に満ちあふれている。他の者を圧倒するオーラをまとい、それにみあう知能と運動神経も持ちあわせていた。

しかし、彼の存在は夕侑にとっては怖いものでしかない。獅子族アルファには過去に大きなトラウマがある。夕侑は獅旺の視線をさけて、神永に頼んだ。

「先生、薬をもっとください」

学校医の神永は医師免許を持っているので、診察をして薬の処方をすることができる。学園側からオメガの管理を一任されている立場であるから、頼めば薬を出してもらえると思ったのだが、神永は眉根をよせて却下した。

「ダメだよ。これ以上の投薬は危険だ。仕方ない。じゃあ、おさまるまでシェルターに入ってすごそうか」

シェルターは発情したオメガのための避難所で、学生寮の裏庭に設置されている。夕侑も発情がおさまらないときはそこですごす。

神永の診断に、横から獅旺が口をはさんできた。

「シェルターに入ってもむだですよ。ヒトのフェロモンは強力だから、換気口のフィルターも通過します」

「なら、やっぱり薬をください。どうにかして、これをおさめないと」

夕侑の懇願に、神永が首を振る。

「過剰投与は、きみのためにならない。子供が産めない身体になる」

「かまいません。子供なんて産むつもりは全然ないです」

すると、獅旺の後ろにひかえていたもうひとりの生徒が前に出てきた。

「先生、だったら僕らに提案があるんですけれど」

それはユキヒョウ族の獣人である、副生徒会長で、副寮長の白原だった。

夕侑に対してはいつも優しく接してくれる獅旺とは真逆の落ち着いた物腰の三年生だ。

「提案？」

神永が、白原に目を向ける。

「はい。大谷くんの発情をおさめるのが薬では無理だとしたら、自然の摂理にしたがって欲望を放出してあげればいいんじゃないですか」

長い銀髪に怜悧な顔立ちの白原は、涼しげな声で説明した。

「オメガが発情するのは、アルファを誘うためなんです。ですからアルファがそれに応えてやれば、オメガは満足するでしょう？」

夕侑はどういうことかと、白原を見あげた。

「僕と獅旺で、彼のたまった性欲を抜いてあげますよ」

「――え」

唖然とした夕侑の前で、神永が顔をしかめる。

「オメガ奨学生に手を出すのは、校則違反だよ」

「先生さえ、黙っててくだされば大丈夫です。それに先生だって、発情管理もできない無能な学校医としてクビにされたくはないでしょう」

白原がきれいな顔に笑みを浮かべる。

夕侑はふたりに視線をさまよわせながら大きく首を振った。

「……な、何を……。い、嫌です。そんなこと、絶対に」

戸惑う夕侑に、獅旺が冷淡に言う。

「お前は俺たちアルファの訓練用の餌だろ？　餌としての役目をきちんとこなすことができなければ、この学園を去るしかなくなるぞ」

その言葉に、夕侑は震えあがった。

ここを去る。そんなことになったら、将来のために勉強することもできなくなる。発情をコントロールできないオメガなど、社会でまともに生きていく術もない。

しかし、このふたりに欲望の処理を世話されるなど、耐えられない羞恥だ。

性欲の強い獣人らは、性に関するモラルが低い。性欲処理は、彼らにとっては空腹を満たしたり運動したりするのと同じほどの感覚だ。獅旺と白原にとっても、夕侑とセックスするのはその程度のものなのだろう。

神永はしばし思案する様子を見せた。額に手をあてて、考えこむ顔をする。

「先生、早くしないと匂いをかぎつけた寮生がまた獣化してしまいますよ」

「先生、絶対に嫌です。薬をください」

夕侑の頼みに、獅旺が冷たく告げる。

「発情中のオメガ奨学生に、物事の決定権はない。学園の規則に書かれていたはずだ」

神永は仕方がないというように、深くため息をついた。

「たしかに、それが一番効果があるし自然な方法だ。薬よりもずっと効くだろう。――まったく、医師である僕が相手をして処置してあげられればいいんだろうけど、僕には番がいるから、効果は薄くなってしまうだろうしね」

そう言う神永の左薬指には指輪がはまっている。

「……先生」

夕侑は震え声で、神永にすがった。

「一度だけ、試してみよう。それでダメだったら別の方法を考える。そして、このことは絶対に外部にもらさないように」

他にいい手だてがないようで、神永が渋々承知する。学校医の答えに、獅旺と白原が顔を見あわせうなずいた。

「ならすぐにシェルターにいこう。あそこなら邪魔は入らない」

獅旺が手をのばしてきて、夕侑を抱きあげる。

その瞬間、皮膚が電撃を受けたようにビリビリッと痛んだ。

「――やっ、や、やだっ」

逃げようとすると、獅旺が不思議そうな顔をする。

「何でそう嫌がるんだ。お前だって俺たちが欲しいだろう?」

「あなたたちは、僕を使って、ただ単に性欲を満足させようとしているだけでしょう」

上級生に対する態度ではなかったが、言い返さずにはいられなかった。

それに獅旺はかるく笑った。

「そうだ。二か月ごとの、お前の発情にあわせた訓練で甘ったるい匂いをかがされて、こっちはもう我慢ができなくなってる。寮長権限で、こっそりいただこうって考えだ」

「……そんな、ひどい」

「お前も、それで楽になれる」

性欲処理のためだけのように言われて、夕侑はショックを受けた。アルファにとって、オメガはそういう存在でしかない。

それでも、獅旺の身体から漂うアルファ特有の匂いに、欲望がじわりと疼く。

獅旺の野性的な香りに、訓練のとき獅子となった彼が、檻に襲いかかる獣たちを次々になぎ払っていった姿を思い出した。

あのとき獅旺は、きっと獲物を自分だけのものにしようとする本能から、他の獣を押しのけたのだろう。けれど夕侑には、まるで自分を助けにきてくれた雄々しい勇者のようにも見えたのだった。

――獅子なのに。怖いだけの、存在なのに。

アルファフェロモンに酔わされて、身体から力が抜けていく。

抵抗をやめた夕侑を、獅旺は肩にヒョイと担ぎあげた。

「――あっ」

「貞操帯を壊さないように。挿入だけはするんじゃないぞ」

神永が声を強めて注意する。

「わかってますよ。俺たちはまださっきの抑制剤が効いてますからね」

獅旺はニヤリと笑うと、白原と共に保健室を出た。恐怖に顔を青くする夕侑に、白原が背をさすってくる。

「大丈夫。気持ちよくするだけだから。きみ、誰かと経験はあるの？」

「ないです、そんなの……ない」

「それはいい」

夕侑の言葉に、獅旺が満足げに呟いた。

獅旺と白原は、寮の裏口から外に出ると、数メートル先にある大きなコンテナに向かった。

大型トラックの荷台のような建物は窓もなく、入り口はひとつだけだ。中はバストイレつきの1Kとなっている。

白原は金属製の厚い扉をあけると中に入って明かりをつけ、獅旺と夕侑を入れてから扉に鍵をかけた。

「服を脱ぐんだ」

獅旺がベッドの前に夕侑をおろして、自分もブレザーを脱ぎながら命令する。

夕侑は後ずさった。

「どうした？　俺たちに脱がせてもらいたいわけじゃないだろう」

尊大な態度は、夕侑に自分の立場を思い出させる。

アルファとオメガ。獅子族とヒト族。上級生と下級生。御曹司と孤児。どれを取っても、夕侑に逆らえる要素などない。

羞恥と怒りに顔が赤くなり、惨めさに涙がにじむ。しかし、このままフェロモンをたれ流しているわけにもいかない。

仕方なく夕侑は着ていた学校指定のジャージを脱いでいった。下着を取ると、貞操帯ともうひとつ、太い首輪だけになる。

首輪はうなじを守るためのものだった。

オメガはうなじにフェロモンを分泌する嚢を持っている。

ここをアルファに噛まれると、嚢が破けてアルファの唾液とフェロモンの成分が結合し、オメガの体質が変化する。噛んだ相手と番になり、フェロモンはその相手にしか作用しなくなるのだ。

学園の生徒と勝手に番にならないよう、夕侑の首輪は頑丈なカーボンファイバー製で、鍵もついていた。その鍵は神永が厳重に保管している。

夕侑が身を縮こめながらベッド脇に立つと、獅旺が一歩近づいてきた。反射的に一歩さがる。夕侑の態度に、獅旺の片眉があがった。

「お前はいつも、俺をさけるな。前の訓練のときもそうだった。俺は今までそんなふうに、他人にあからさまな嫌悪を向けられたことがない。どうして俺がそこまで嫌いなんだ？」

獅旺が単純に不思議そうな顔をした。

彼ほどの人物ならば、尊敬や好意、悪くてもお世辞や媚びぐらいしか受け取ったことがないのだろう。

「……獅子族は、怖いんです。……昔、怖い目にあったから」

怖い目、とオメガが言えば、それは大抵性的なことになる。獅旺は目をみはり、それから凛々しい眉を不愉快そうに歪めた。

どこの誰かはわからぬ同族の咎に、それ以上は聞かず白原に顎をしゃくる。

「なら、ユキヒョウは怖くないのか」

ユキヒョウ族の白原がこちらを見て、ニコリと微笑む。夕侑は小さくうなずいた。

「じゃあ、僕がしてあげよう。獅旺は残念だけれど、見てるだけだね」

白原は獅旺に優越を含んだ笑みを見せると、夕侑の横にきて腰を抱いた。

獅子とはまったく違う爽やかなアルファフェロモンにクラリとくる。すると、抱かれる期待が全身をおおっていく。尻の狭間がうるむのがわかった。オメガは性行為を予感すると、後孔が濡れる。はしたない身体。だらしない本能、あさましい欲望。オメガの性が心を蝕んでいく。

夕侑は悲しみをこらえながら目を伏せた。

白原の顔が近づいてきて、キスをされそうになる。その瞬間、横からグイッと腕を強く引かれた。

「――ぇ」

いきなり獅旺がふたりの間に割りこみ、夕侑をさらっていく。ベッドに押し倒されて、唇が重なった。

「――んんッ」

何をされたのかと目をみはる。

獅旺は大柄な身体で夕侑にのしかかり、深く口づけていた。熱くて肉厚な唇が押しつけられ、ひらいた口に舌がねじこまれる。乱暴な仕草は、夕侑の発情をビリビリと刺激した。

「んっ、ぁ……はッ」

両腕をきつく掴まれているので、逃げることができない。獅旺は噛みつくように夕侑の口内を食んできた。まるで獣そのものだ。

互いの舌と唾液が絡まり、それが快楽神経を震撼させる。胸をえぐるような快感が、全身にほとばしった。

「――ぃやっ」

けれど獅旺の姿に獅子の影がよぎると、夕侑は突然の恐怖に襲われて、相手を強く拒否した。

「イヤだっ、イヤ、イヤやめてッ」

力のかぎりあばれて逃れようとする。本気の拒絶に、獅旺も襲う手をとめて顔を離し、夕侑を見おろしてきた。

「――うっ、や、ヤダ、こ、怖い……」

獅子のオーラが目の前で揺れている。獅旺が獣に変化しかけているのだ。

夕侑が小刻みに身を震わせると、獅旺もようやく我に返ったらしく冷静になった。

「クソっ」

口汚く叫んで身を起こす。そしてベッドをおり、呆れ顔で立っている白原の横を通りすぎた。

「何だい。まったく、きみらしくないな」

白原の言葉に何も返さず、獅旺は壁際まで歩いていった。そこで腕をくんで壁にもたれるとムスリと黙りこむ。

獅旺が傍観する姿勢を見せたので、白原はふたたび夕侑の元へとやってきた。ベッドにのりあげ夕侑の腕をさする。

「大丈夫かい?」

優しい口調で、こわばった気持ちをほぐそうとした。

「ビックリしただろう。いつもは冷静な奴なんだけどね。きみのフェロモンに負けたんだな」

夕侑は離れた場所に立つ獅旺に視線を移した。獅旺は欲情をおさえた顔でこちらを見ている。

いったい何を考えて彼はあんなことをしたのか。いや、考えることができずに行動したのだ。

そう思うと、夕侑は自分のフェロモンがそら怖ろしくなった。

「さあ、こっちを見て。楽になろう」

白原にささやかれて、夕侑は彼と向きあった。

相手の唇がゆっくり近づいてくる。反射的に、唇をギュッととじてしまった。拒否するような反応に白原が眉をあげる。

「そうか。じゃあ、口にキスはやめとこう。僕も獅旺と間接キスはイヤだからさ」

「……すみません」

思いやりのある言い方に、夕侑は白原に素直にしたがう気持ちになっていった。

そっとベッドに寝かされて、首筋に口づけられる。獅旺とはまったく違う、甘く丁寧な愛撫だった。

「……ん」

夕侑は今まで誰ともこんな行為をしたことがない。もちろんキスも初めてだ。

ぎこちなく白原の手に反応すると、相手は目を細めて嬉しそうに笑った。

「ヒト族は、本当に可愛いね。獣人に食べられるために存在するようなものだ」

そう言って胸にもキスをされる。肌を順々に啄まれて、くすぐったい快感に包まれた。

けれど、獅旺のときのような胸の昂りはない。ただ単純に、身体が刺激に応えているような感覚だった。

それに戸惑っていると、白原の手が股間にのびてくる。

「――あッ」

夕侑の肉茎は、幾重にも並んだ鋼のリングにおおわれている。

リングは丸カンでつながれ、自在にうねらせることはできるが、茎自体に触れることはできなくなっていた。バーストした獣人に噛みちぎられないようにするための対策だ。

そのため発情期に自分で処理するときは悲惨だった。何日もかけてもどかしい思いをしながら熱を絞り出さねばならない。

「すごい形だな。鉄壁の守りだ」

白原はまじまじと貞操帯を眺めた後、リングの上から性器を刺激した。

亀頭部分の、先端に向かって順に小さくなっていく輪を揺らし、鋼に皮膚をあててこするようにする。先端の一番小さなリングに指先もねじこませた。

「……あ、あふ、……ん、ッ」

夕侑はその刺激に身悶えた。

「気持ちいい？」

白原が耳の下に唇をあててきいてくる。首輪の隙間に舌を入れて、うなじの周囲をちろちろと舐めた。

「……ん、ぁ、は……ぃ」

「感じやすいね。すごくいい」

抱き慣れているのか、白原の手つきは巧みだった。すぐに絶頂がきそうになる。

「ああ、挿れられないのが残念だなぁ……きみの中に入りたくてたまらないよ」

白原も興奮に濡れた声を出す。夕侑が恍惚とした表情で見返せば、壁の獅旺が動いた気配がした。

ベッドのはしがギシリときしむ。白原がその音に目をあげた。

「おい、獅旺」

振り返れば、獅旺が夕侑の上半身を起こして、背後に回りこんできている。

「顔が見えなければいいんだろう」

夕侑を後ろから抱きしめ、耳に噛みついてきた。

「――ぁっ」

「本当は、俺だけが抱くつもりだったのに」

そう言いながら、大きな手で夕侑の胸や腹をまさぐり始める。

乱暴な手つきだったけれど、まるで待ちかねたかのように身体はそれを受け入れた。

「獅旺だけじゃ、大谷くんは嫌がっておびえたろ?」

「……ぁ、ん」

白原がふたたび性器に触れてくる。重なったリングがシャラシャラと涼しげな音を立てた。

「楽器のようだな」

獅旺が夕侑の耳元でささやき、膝裏に手を入れて両足を大きく割りひらく。

「あ、ヤだっ」

あらわになった股間を見ながら、白原が呟いた。

「ふうん、奥はこうなってるのか。これじゃあ挿入できるのは指ぐらいだな」

貞操帯の尻側には、後孔の部分に直径三センチほどの丸い孔があいている。縁が外側に盛りあがりぎみの形状は、獣人の太い性器がそこを通過できないしくみになっていた。

「じれったい。壊してやりたいなあ」

白原は口角をあげて、夕侑の濡れた後孔に指をさし入れた。グリグリとかき回して奥を刺激する。

「ぁ……ん、や、……んっ」

「いい声で鳴く」

後ろの獅旺が、耳元で呟いた。低く艶のある声に、胸がジクリと疼く。

「本当だね。こんな可愛い誘い声の子は、めったにいないよ」

白原が夕侑の性器をもてあそびながら、自分のスラックスの前をくつろげた。

そしてリングのついたペニスを口にふくんで、自分のものを扱き始める。

「これで満足しなきゃならないとは。抑制剤が効いててよかったよ。切れてたら、とっくにバーストして大谷くんを引き裂いてた」

白原の言葉にぞっとする。思わず震えた夕侑を、獅旺がきつく抱きしめてきた。

「オメガを殺したら、困るのは俺たちだぞ。フェロモンだけをまき散らして消えられたら、こっちは悶え苦しむだけだ」

アルファ同士の冷酷な会話に、身体はひらいていくのに心はとざされていった。

「……ひどい」

思わずもれた言葉に、獅旺が夕侑の片足を持ちあげながら言う。

「それほどお前のフェロモンは俺たちを狂わすってことだよ」

そして自分もスラックスの前をひらいた。

「……ぁ」

夕侑の後孔に、熱い塊を押しつけてくる。

「獅旺、少しでも入れたら孕むぞ」

「ああ、クソッ。そうだった」

仕方なく、獅旺は夕侑の尻たぶに、太くて長い性器をこすりつけた。ズリズリと前後させて、欲望を解放しようとする。

そうしながら片手で乳首をつまんできた。

「んっ、――あ、やぁッ」

「お前をいつか、貞操帯なしで思いっきり突いてやりたい」

「あ……そこ、だめ、……や、いやっ」

小さな薄紅の粒を、指の腹で転がして、それからゆるく引っぱる。尻の丸みを、硬い雄茎ですりもむようにしながら、耳朶も噛む。下半身では、白原がリングごと性器を口で扱き、指を後孔に挿入している。

身体中いたる所から与えられる刺激に、頭の中が混沌としてきた。

「……ああ、ァ、ああ……ん、ぃ、いい……」

自分とは思えないか弱い声がもれる。

いつもは、たとえオメガであっても折り目正しく生きていこうと心がけているのに、そんな意思もアルファに与えられる快楽に簡単に崩壊してしまう。

悲しい。けれど、信じられないくらい気持ちがいい。

「ああ、ぁ、……や、いく……やめて、もう、もぉ願いですから……っ」

「いくんだよ。そのためにヤってるんだから」

獅旺の冷徹な言い草に、夕侑の目に涙がにじむ。

「ひど……」

「いけば、楽になるだろう?」

男らしい声が欲情に昂ぶっている。それに反応して性器と後孔がビクンビクンと波打った。

「ぁ、は――」

身体中をなぶられて、波にさらわれるように一気に高みに連れていかれる。

夕侑は全身を痙攣させ、激しく遂情した。

「あアッ――やだっ、……――ん、んん、ぅッ………」

「――っ、すごい匂いだ」

獅旺も声を掠れさせて追うように射精する。熱い飛沫が、尾てい骨にかかるのがわかった。

「ああ、甘いな」

夕侑の精液を舌で受けとめた白原も、恍惚とした表情になる。

「やばいよ。このフェロモンは。中毒になる。今までの獣人オメガの奨学生と全然違う、――っ」

リングに歯を立てながら身を震わせて、白原も際をこえる。獣のような唸り声をあげつつ、白濁した体液を大量に放出した。

「ヒト族を舐めてたな。この子は魔性のオメガだ」

白原の目つきが変わる。ギラギラと光る瞳には底知れぬ情欲と独占欲があった。

「ああ。俺もおかしくなりそうだ」

獅旺が夕侑のあごを掴んで、自分のほうを振り向かせる。

間近にせまった顔には、白原と同じく支配欲に乱れた目が、爛々と輝いていた。

「……ぁ」

獅旺が唇をあわせてくる。力強く夕侑の唇を食み、そして上唇の裏を舐めてくる。

「……ん、ぁ」

ぞくぞくとした愉悦が背筋を走り、下肢がふたたび疼いてくるのがわかった。

底なしに、この人が欲しくなる。

夕侑の瞳がトロリと緩んできたのを見て、獅旺の目元がほんのわずか嬉しそうに細められる。

その魅力的な容貌に、胸は禁忌の痛みと、憧憬の狭間に大きくきしんだ。

＊　＊　＊

何時間、三人の荒い息づかいが狭い部屋に充満していただろうか。

休むことなく獣のように絡みあいながら、最後は夕侑も意識が飛んだ状態で腰を振らされた。

目覚めたときは、夕侑ひとりだった。

身体はきれいに拭われ、上がけが丁寧にかけられている。

「……」

夕侑はシーツから身を起こした。

全身が重くけだるかったが、頭と下半身は妙にすっきりとしている。

ベッドからおりて、シェルター内に設置されているシャワー室に入り、温かい湯を浴びる。ゆっくりと身体を洗ってから、全身をタオルで拭って、脱ぎ捨ててあったジャージを身に着け外へ出た。

空は秋の夕暮れ色だった。遠くでカラスが鳴いている。いったい何時間、中にいたのだろう。

学生寮内にある保健室に戻ると、神永が机に向かって書きものをしていた。

「やあ、目が覚めたかい」

診療用の椅子に座るようにすすめられ、腰をおろしながらたずねる。

「僕はどれくらいシェルターに入ってましたか」

「丸一日だね」

「そうですか」

神永の答えに驚く。

いつもならば、発情をおさめるのには一週間はかかっていたのに。

「やはりアルファになだめてもらうと効果はあるね」

フェロモンカウンターを夕侑の首元にあてて数値を測る。

「うん。平常値に戻ってる」

カルテに結果を書きこみつつ、神永が続けた。

「昨日から考えていたんだが、この結果を理事長に報告して、納得してもらえたら次回の訓練からは今回と同様の措置を内密に取るかも知れない」

つまり、また白原と獅旺に相手をしてもらうということだ。

夕侑は無言でうなずいた。自分の身体をコントロールすることもできないオメガに決定権はない。

「……」

「じゃあ、明日から普段通りに授業に出てもいいよ」

「はい。ありがとうございました」

神永に許可をもらってから、保健室を出る。

夕侑は自分でも驚くほどかるくなった身体で、廊下を歩いていった。

十月に入り、夕刻の風は肌寒くなり始めている。

窓の外の枯れ始めた木々を眺めながら、この学園にきて四度目の訓練も何とか終えることができたと、ホッとため息をついた。

オメガである自分の身のうちには、欲望の壺というものがあって、それは時間と共に甘い液体で満たされていく。満杯になれば、誰かに飲み干してもらいたいという願いに頭が支配される。

それを、昨日は獅旺と白原が壺の内部まで舐める勢いで空にしてくれた。

あれはただの、本能にまかせた行為だったのだろうか。アルファ獣人は、オメガが相手なら誰に対してもあんな風にするのだろうか。

獅旺は、夕侑を助けるために抱くのだと言った。

――お前も、それで楽になれる。

もしも彼の行為がただの親切だけだとしたら。

セックスが愛情を示す行為ではないと、心にきちんと刻まねばならないだろう。下手な期待は、自分を傷つけるだけだ。

あの行為に、心はない。

そう考えながら、自分の部屋に向かって歩いていると、廊下の先に誰かがいることに気がついた。

夕侑の部屋の近くで、背の高い生徒が人待ち顔で壁にもたれている。それは獅旺だった。

「……」

なぜここに彼がいるのだろう。夕侑は歩が鈍くなり、彼から少し離れた場所で足をとめた。

獅旺がいると部屋に入れない。けれど無視するわけにもいかないし、だったら気づかれないうちに保健室に引き返そうか。そう考えていると、獅旺がこちらの気配に気づいたのか顔をあげてきた。

「大谷」

夕侑を見つけて、足早に近よってくる。

急に迫ってきた相手に、夕侑は反射的に恐怖を感じた。獅子は怖い。忌まわしい過去の記憶がよみがえる。思わず後ずさると、それを見た獅旺が数歩手前で立ちどまった。

顔を引きつらせた夕侑に、グッと眉根をよせる。そうして、おさえた声でたずねてきた。

「もう、身体はいいのか」

「……」

答えられずにいると、獅旺は背筋を伸ばして、ゆっくりと三歩後退した。

「発情はおさまったのか？」

どうやら体調について聞かれているらしい。夕侑は小さくうなずいた。

「そうか」

獅旺の声が少し穏やかになる。顎をあげ、形のよい鼻をクンと動かした。

「匂いももうないようだな」

「……」

肩を縮こめたままコクリとうなずく夕侑に、わずかに痛みをこらえるような眼差しを向けてくる。そして苦い口調で言った。

「昨日は、白原がいたのは仕方なかったんだ。俺ひとりだとお前は怖がるから、奴に手助けしろと頼んだ。だが、次は、奴は呼ばない。俺だけが相手をするようにしておく」

上からな物言いで、けれど弁解するように告げる。

どうしてそんなことをいきなり言われるのかわからなかった夕侑は、戸惑った表情を返した。すると獅旺は、夕侑が不機嫌になっていると思ったらしく、顔をしかめてさらに一歩さがった。

「獅子はどうしても嫌いか」

「……え」

予想もしないことを聞かれて困惑する。

「しかし嫌いなままでは、俺もうまく抱けない。それではそっちも困るだろう。だから直す努力をするんだ。カウンセリングも受けた方がいい。神永先生には､俺から頼んでおくから。わかったな」

「……………」

獅旺は命令調で自分の意見をまくしたてた。しかも、どういうわけか、彼の中では夕侑はもう彼のものになっていて、言うことを聞くのは当たり前だと思いこんでいるような節がある。

「返事は?」

「あ、はい」

気迫にのまれて、つい返事をしてしまう。

夕侑の答えに満足したのか、獅旺は「うん」とうなずいた。

「じゃあ、今日はきちんと休んで、体調回復につとめるんだ。お前は細っこいし、ヒト族だから体力も獣人より劣る。次の発情までには、たくさん食べてもっと体力をつけておけ」

「え」

「でないと抱くこっちも心配になる」

「………」

「返事は?」

「は、はい」

素直な返事に、獅旺も「うん」ともう一度満足げにうなずくと、廊下の向こうへと去っていった。

その後ろ姿を見送りつつ、夕侑は何とも一方的な会話に唖然とした。

上流階級の人間は、格下相手にはああいう上から目線な態度しか取らないのか、それともあれが獅旺の元来の性格なのか。こちらの心情はおかまいなしな身勝手な話し方に面喰らう。

けれど、何となく夕侑の身体を案じてくれているような気もしてしまうのは、思いすごしなのだろうか。

「……きっと、獲物は太らせてから食べた方がいいっていうから……」

あれも獣人特有の考え方なのだろう。

夕侑は彼との立場の違いをひしひしと感じながら、自分の部屋の鍵をあけた。

寮の部屋は基本的に鍵はついていない。他のアルファ生徒はみな、鍵なしの生活をしているが、オメガ奨学生である夕侑の部屋だけは、安全のために鍵がついていた。

カードキーで解錠し、ドアを引いて中に入ろうとすると、扉が何かに引っかかって途中でとまる。

「あれ?」

どうしたのかと見てみれば、床との隙間に小さな塊がはさまっていた。

「なんだろう」

ドアの下に手を入れると、プラスチック製の人形がついたストラップが出てくる。

「あ、これ……」

見覚えのある古い人形は、夕侑が小学一年生だったころ流行していたテレビアニメのヒーロー、サニーマンだった。

「懐かしい。何でこんなものがここに」

サニーマンは『オリオン戦士サニーマン』という題名で放送されていた番組の主人公で、当時子供たちに爆発的な人気を博していたものだ。

太陽の形をしたベルトがトレードマークで、八頭身の身体に、赤を基調としたボディスーツを着て、ロボットのようなデザインのマスクをつけている。

夕侑も昔、これと同じストラップを持っていた。お菓子のおまけだったストラップ。欲しくて欲しくて、施設の職員に頼みこんで買ってもらった憶えがある。

手の中のストラップは経年劣化しているが、汚れてはいなかった。きっと、これを落とした人にとっても大切な思い出の品なのだろう。

寮の落としもの担当は、たしか副寮長の白原だったはずだ。

夕侑は明日にでも彼に渡そうと考えて、ストラップをポケットに入れた。

第二章

学園の敷地内にある学生寮は、鉄筋コンクリートの三階建てで、夕侑の部屋は一階の一番奥にある。

二室続きとなっていて、一室を夕侑が、もう一室を神永が使っていた。間のドアは常時あけてある。これは、真夜中に夕侑が生徒に襲われないように神永が見守るためだった。

廊下側の入り口には頑丈な鍵もついていて部屋にはユニットバスもある。他の寮生は二階から上を、ふたり一部屋で使用していた。

自室に戻ると、夕侑はすぐに勉強机に向かった。

今日一日、授業を欠席してしまったから遅れたぶんを取り戻さなければならない。スマホを取り出して机の上に立てかけると、電源を入れ学園専用のサイトにログインした。

欠席した生徒や復習のために授業は常時録画されている。夕侑はそれを再生しながら勉強をした。

数時間かけて今日の授業を終えると、椅子に座ったまま大きくのびをする。首を左右に振りつつ、ジャージのポケットに手を入れて、そこにさっきの拾いものがあることに気がついた。

「……あ、忘れてた」

取り出して、デスクライトのもとで改めて見てみる。

古びたストラップは小さな傷がいくつかあり、色も褪せていた。

「サニーマン……」

時代を感じさせる玩具に、当時のことが思い起こされる。毎週日曜日の朝、テレビで放映されていた懐かしいアニメーション。大型バイクを乗りこなし、街の悪から人々を守る正義の味方であるヒーローのサニーマンは、助手のスマイルボーイと共に毎週さまざまな事件にいどみ問題を解決していた。

もとは古い漫画が原作で最近またリメイクされてテレビで放送され、子供たちの間で人気になっていることも知っている。

夕侑も幼いとき、これと同じストラップを持っていた。大事な宝物だったオモチャ。けれど同級生に意地悪されて、鉛筆の先をたくさん刺されゴミ箱に捨てられた。

オメガの子供は、ただオメガというだけでいじめの対象になりやすい。

――オメガはキモい。くさい。あっちいけ。

――お前らはすっごいインランなんだろ。近よんなよ。

クラスメイトの声が耳によみがえり、夕侑は口元に苦い笑みを浮かべた。

バース性についてまだよく知らない子供でも、性に対しては敏感だ。オメガが何やら妖しい生き物であることは、彼らにもわかるのだろう。

異物を排除する動物の本能で、夕侑らオメガ専用施設の子供は余さずいじめられた。

たったひとつの宝物を壊された夕侑は、その夜、布団の中で声を押し殺してすすり泣いた。

『……サニーマン、サニーマン』

失われたヒーローの名を、助けを求めるように繰り返す。そうすれば、アニメの中から飛び出してきてくれるような気がして――。

ストラップを両手でくるんで、あごに押しあてる。

あれから数年がたち、夕侑もこの世界には無条件で自分を助けてくれるヒーローなどいないということを理解している。

だから自分で何とかしなければならないのだ。生きていくために。手の中のヒーローは、想像の産物でしかない。

夕侑はストラップを机のはしに追いやり、ふたたび教科書に向き直った。

次の日の朝は、起床後に隣の神永の部屋で簡単な健康診断をしてもらった後、彼と一緒に食堂へ向かった。

朝日さす食堂では、何十人もの寮生が雑談をしながら朝食をとっている。夕侑と神永は、入り口の横に積まれたトレーを手に取って、ビュッフェスタイルのカウンターから欲しい皿を選んでトレーにのせていった。

裕福な子息が多いこの学園の寮は、料理も充実していて、和洋中の料理が朝から盛りだくさんならんでいる。

夕侑は昨日、獅旺にちゃんと食べろと言われたことを思い出し、いつもよりひとつ多めに小鉢をトレーにのせた。

ご飯と味噌汁、卵焼きと焼き鮭にカットりんご。そして今日はハムサラダも。それを持って窓際の席に移動し、神永と向かいあって椅子に腰かける。こちらをチラチラとうかがう生徒らを無視して、早めに食事をすまそうと食べ物を口に運んだ。

夕侑は学園中、どこへいっても注目の的だ。二か月に一度、濃厚なフェロモンをまき散らすヒト族オメガ。どうやったら密かに襲うことができるのだろうかと、性欲旺盛な年頃の獣人生徒らが考えているのがよくわかる。

――お前だって、俺たちが欲しいんだろう。犯し殺して欲しいんだろう。わかってるぞ――。彼らの目はそう語っている。

胸苦しさを覚えつつ食事を終えた後、部屋に戻り登校の準備をした。通学鞄を手にして、神永と一緒に寮を出る。

校舎は学生寮から徒歩十分の距離だ。並木道の続く通学路を、夕侑は他の生徒から距離を取って進んだ。運動場のわきや講堂の横を通りすぎて一年生の教室のある棟の前にくると、そこで神永と別れる。

昇降口で上ばきにはきかえて、授業前のざわつく廊下をなるべく目立たないように下を向いて歩いていった。

夕侑が通りがかると雑談をしていた生徒らの話し声がとまるのがわかる。皆、ヒト族オメガの存在が気になるのだろう。

教室に入れば真っ直ぐ自分の席に向かい、腰かけて授業の準備をする。

教師がくるまでの短い時間を、教科書に目を通しながらすごした。その間も、夕侑に話しかけてくる生徒はひとりもいなかった。もちろん自分から誰かに話しかけるようなこともしない。

入学してから数か月たつが、夕侑に友だちはひとりもいなかった。

周囲は教師も含め獣人のアルファばかりで、オメガも、ベータさえもいない。そんな中で友達を作ったとしても、発情期がくれば友情はあっという間に壊れてしまう。オメガ奨学生に悪さをすればペナルティが与えられ、その度合いによっては退学にもなる。だから皆、夕侑を遠巻きにして腫れ物を扱うように眺めているだけなのだった。

一日の授業を淡々とこなし、放課後になればひとり校舎を出て寮に戻る。毎日はその繰り返しだ。発情期以外は代わり映えのない生活を、淋しく感じてはいたが、こうなることがわかっていながら入学したのは自分なのだからと、孤独に耐えながら日々をすごしていた。


寮の玄関に着くと、夕侑は下駄箱前でスリッパにはきかえた。

「……あれ?」

足をスリッパに入れたら、何かが指先にあたる。ゴミでも入ったのかと取り出して見てみれば、中から折りたたまれた紙片が出てきた。

メモをひらくと、誰かの名前とチャットアプリのＩＤが書きこまれている。

そして『エロいことしようよ』という一文。

「またこんなものが……」

夕侑はため息をついた。

表だって接触できない生徒の中には、こうやってアプローチを仕かけてくる者もいる。こっそり連絡を取って、仲よくなろうという魂胆らしい。そうしてあわよくば、後ろ暗い欲求を夕侑の身体で満たそうとする。

名前を見ても顔も浮かばない相手の手紙を、夕侑はクシャクシャに丸めてポケットに突っこんだ。

一日中、どこへいっても何をしていても、自分は彼らの性的欲求の対象だ。オメガだから仕方のないことなのだけれど、こんな日々が続けばいつの間にか心も疲弊してしまう。

俯いて廊下を進みながら、メモの言葉に触発されて、二日前のシェルター内での出来事を思い出した。獅旺と白原に何時間も好きに扱われた、あの無体な営みのことを。

あれも夕侑の意志を無視した、半ば強制的な行為だった。学園内で公になれば獅旺だって糾弾される独善的で身勝手な仕業だ。

思い出せば憤りがわきあがってくるが、驚いたことに、怒りに反して心の片隅では、あの仕打ちに納得している自分もいた。

――お前も、これで楽になれる。

獅旺がシェルターに向かう途中で言ったとおり、身体はずいぶん楽になっている。

乱暴な方法だったけれど、あれは確かにオメガの発情にとてもあったやり方だった。

それに、よく考えてみれば、自分だって行為に溺れたのだし――。

獅旺のキスが脳裏によみがえり、夕侑は胸がキュッと痛んだ。

その痛みがなんなのか、知りたくなくて歩を早める。

急いで自室に向かおうとしたら、夕侑の部屋の前でひとりの生徒が背をかがめてウロウロしているのに出くわした。

「……」

栗色の髪の逞しい後ろ姿は、夕侑の知っている限りひとりしかいない。

なぜこの人がここに？　と思いつつ、離れたところから不可解な行動を眺める。獅旺は下を見ながら廊下をいったりきたりして、何かを探しているような様子だった。

「――あっ」

思いあたる理由がぱっと閃いて、夕侑はポケットに手を入れた。そこには、白原に会ったら渡そうと思っていたサニーマンのストラップが入っている。

――もしかして、これを探してる？

夕侑は人形を握りしめた。

でも彼ほどのお金持ちが、こんな薄汚れたストラップなど持つだろうか。しかもこれはあの人が使うにしては子供っぽすぎるオモチャだ。

けれど、万が一、探し物がこれだとしたら。

夕侑はおずおずと相手に近づいていった。すると、目のはしに夕侑をとらえた獅旺が、顔をあげてくる。

見られていることに気がついて片眉を持ちあげ、少し気まずそうにした。

ポケットから手を出して、無言で人形をさし出す。手のひらの上に乗ったサニーマンに、獅旺は目をみはった。

「もしかして、これを、探してます?」

「いや違う」

獅旺は即答した。

「別に、探しものをしていたわけじゃない」

そう言うと、くるりと踵を返して廊下を歩いていってしまう。

「……」

夕侑は呆気にとられて遠ざかる背中を見送った。しかし獅旺は途中で何かを思い出したかのようにぴたりととまると、こちらに振り向いて大きな声で言った。

「体調はどうなんだ?」

「えっ?」

いきなり聞かれて驚く。

「具合は悪くないのか?」

離れた場所からたずねてくるので、叱られているみたいに聞こえる。獅旺の声はよく通るし、吼声のようにも思えて、夕侑は肩をすくめた。

「大丈夫です」

こちらも大きな声を返そうとして、声が震えてしまう。それに獅旺が眉をよせた。怯えているのだと思ったらしい。どうしようかというように、その場でかるく髪をかきあげた。

「だが、まだ顔色はよくないぞ」

距離があっても獅子の目ならよく見えるようで、夕侑をじっと観察しながら指摘する。

「ちゃんと食って寝てるのか」

「え？　あ、はい」

「けどまた細くなった気がする」

「……」

夕侑は答えられずに黙りこんだ。

たしかに体重は最近落ち気味で、神永にも注意されている。原因はストレスや不安のせいだったが、そのことをこの人に明かす気にはなれなかった。夕侑の体調を気にする理由がセックスのためだとしたら、同情されることにも怒りを覚えるからだ。

答えられずにいる夕侑に、獅旺はふと何かを思いついた顔になって言った。

「なら、後で栄養剤でも届けさせるか」

「えっ？」

「それを飲めば、少しはマシになるだろ」

「……」

「ちゃんと体力つけておかないとな。いつ発情がきてもいいように」

またもや上からな言い方で命令すると、獅旺は「わかったな」と念を押して去っていく。

夕侑は唖然としながらその姿を見送った。

ひとりになった廊下で、ぽつんと立ち尽くし、言われた台詞を繰り返す。

「いつ発情がきてもいいように、栄養剤で体力をつけろって……？」

やはり彼は、自分の欲求を満たすために夕侑の身体のことを心配しているにすぎないようだ。

次の発情のために、体調を整えさせておく。それも栄養剤を飲ませてまで。

そこまでしてオメガの身体を貪りたいのかと、怒りを通り越して悲しみがわいてくる。発情はオメガの運命で、アルファを誘うのは仕方のないことなのだけれど、この扱いはあんまりではないか。

夕侑は獅旺にほんの少しでも救済を感じていたことを後悔した。

あの人は獅子の獣人アルファで、自分はオメガ。バーストすればヒトだって簡単に殺してしまう。

そのことを忘れてはいけないと、深く心に刻んで部屋に戻った。

＊　＊　＊

その夜、自室で机に向かい勉強していると、一階受付に常駐する管理人から電話が入った。

『大谷くん、きみ宛に宅配の荷物が届いているよ。受付まで取りにきてくれるかい？』

「あ、はい」

宅配の荷物？　と訝しみながら部屋を出る。心あたりがないまま受付にいくと、カウンターの下に大きなダンボール箱がひとつおかれていた。その横に配達員と管理人が立っている。

「サインをください」

と配達員に言われて戸惑った。

「ちょっと確認していいですか。僕、何も覚えがなくって」

伝票を見てみると、差出人は製薬会社、品名は栄養剤と書かれている。そして宛先はたしかに自分だった。

「これは」

先ほど、獅旺が栄養剤を届けさせると言っていたことを思い出す。

「まさか……」

けど、他に考えられる理由はない。

夕侑は戸惑いつつも、受取伝票にサインをして大きくて重いダンボールを抱え部屋に戻った。

「何だいそれは。たいそうな荷物だね」

部屋の前でちょうど神永に出会ったので、ドアをあけてもらう。中に入って荷物を床におろし、一息をつくと、神永がドアをしめながらきいてきた。

「きみの部屋を通って、自分の部屋にいってもいいかい?」

「どうぞ」

ドアを施錠して、夕侑と荷物のそばにやってくる。

「通販で買い物を?」

「いいえ。これは、御木本さんが僕にって、買ってくれたみたいなんです」

「へえ？　彼が何を？」

夕侑はカッターを使って梱包を解いた。上蓋をあけると、中にはびっしりと紙箱入りの小瓶が詰まっている。全部で百本はありそうだ。

「すごいねこれは」

神永も横からダンボール箱をのぞいて驚く。

夕侑は紙箱をひとつ取り出してラベルを眺めた。金色に輝く小箱には、疲労回復や虚弱体質の栄養補給に効き目ありと書かれている。

「これは高価な栄養剤じゃないんでしょうか」

「そんな感じだね。これを御木本くんが？」

「さっき栄養剤を届けさせると言ってたんですが。でも、これはちょっと……」

「ふむ」

度を超えてはいないか。

神永はポケットからスマホを取り出して、何やら検索し始めた。

「一本五千円か。成分もまあ、オメガ性に影響はなさそうだな」

「五千円？」

ビックリして小箱を落としそうになる。

「そんな高価なもの、こんなに大量に。受け取れません」

夕侑は慌てて栄養剤をダンボールにしまった。

「御木本さんに返してきます」

大きな箱を抱えあげようとした夕侑に、神永は落ち着くようにと手を振った。

「たしかに学生が後輩にプレゼントするには高級すぎる品だけど、このまま返しにいったところで彼も困るだろう。きみのために取りよせたんだろうしね」

「けど、ただでもらうわけには」

神永がやれやれと苦笑する。

「これはきっと、彼なりの誠意なんだろう。きみのことを心配して、本人なりにできることをしようとしたんだよ。その結果がこれになったってわけなんだろうな」

「誠意？」

「うん。彼はきっと反省してるんだよ。この前の訓練後に、きみにしたことを」

「……え」

夕侑は目をみはった。

訓練後のシェルターでの出来事を、獅旺が反省している？

「でも、そんな素振りはちっとも……」

「まあ彼の性格からして、素直に謝罪するというのは難しかったんだろうな。プライドの高い獅子族アルファだし、生まれも育ちもエリートで、人からは敬意と羨望だけを受けて生きているだろうし、頭をさげることにも慣れていないんだろう」

たしかに彼からはそんな印象を受けるが。

「だから自分の気持ちを素直に表すのが苦手なんだよ。実はあの後も、彼、こっそり何度も僕のところにきみの様子を聞きにきていた」

「そうなんですか」

「ああ。カルテまで見せろって言ってきたから、本人に直接聞けと言って追い返したけど」

「……」

夕侑は黙りこんだ。そう言えば、獅旺は何度も夕侑に体調についてきいてきた。あれは次回の発情期に、夕侑がちゃんと相手をできるかどうか確認するためではなかったのか。

「しかしあれでなかなか親切な男じゃないか。やり方は桁外れだけど」

「桁外れすぎます」

こんな高い栄養剤など飲んだことはない。一本だけで鼻血を出して倒れそうだ。

「とにかく、受け取れないってことだけは伝えないと。送り返して、製薬会社から御木本さんに返金してもらいます」

すぐにでも部屋を出ようとする夕侑に、神永が後ろから言った。

「じゃあ、僕もついていってあげるよ。今の時間なら、部屋にいるか風呂にでもいっているだろう」

「はい。ありがとうございます」

上階にはアルファ獣人がたくさんいる。そこにひとりでいくのは不安だったから、神永がついてきてくれるのなら心強かった。

連れだって部屋を出て、階段へと向かう。

途中、風呂場の前を通りがかったら、ちょうど本人が中から出てきた。

獅旺は白いTシャツに、下はグレーのスウェットパンツをはいていた。肩にはタオルをかけ、着がえの入った布バッグを手に提げている。

栗色の髪はまだ濡れていて、後ろに流したオールバックはいつもと違う雰囲気で、男らしい色気があった。前髪がないせいか、金茶色の瞳が普段よりはっきりと見えている。凛々しい眉も長いまつげも。

夕侑は思わず見とれてしまった。

「御木本くん」

神永が呼びとめると、獅旺は一緒にいた夕侑を見つけて、片眉を持ちあげた。

「なんですか」

学校医に対しても横柄な態度で返事をしてくる。しかし神永は慣れているのか気にせず獅旺を手招いた。

「ちょっといいかい」

「はい」

獅旺がこちらにやってくると、神永は夕侑の背を押して言った。

「大谷くんが話があるらしい」

不思議そうにする獅旺に、夕侑は勇気を出して話しかけた。

「あの、栄養剤をさっき受け取りました」

「ああ」

獅旺が納得がいったという顔でうなずく。

「思ったより早く届いたな」

「それでなんですが」

相手の話をさえぎるようにして続ける。

「あんな高価なものは、いただくわけにはいきません。ですから、お返しします」

勢いこんで喋れば、獅旺が目をみはった。

「もらう理由がないです。だから返品します。すみません。体調管理は自分で何とかしますから。迷惑はかけませんので」

一気に伝えると、強がりな気持ちに拍車がかかって言葉がとまらなくなる。

「次の訓練にも、ちゃんと耐えられるように体力つけておきます。また、あんな風になっても、……御木本さんにも、誰にも負担にはならないように、気をつけて。だからあれは受け取れません。……僕は、栄養剤を買う余裕はないけど、たくさん食べて寝て、……そうして——」

「金額のことを気にしてるのか？」

懸命に説明している話の途中で、獅旺がたずねる。

「え？」

夕侑は目を瞬かせた。

「あれが高価な品だから、受け取れないと？」

「え、ええ」

うなずく夕侑に、獅旺は何でもないことのように言った。

「だったら気にしなくていい。俺はあれに金は使ってないから」

「えっ」

どういうことかと驚く。

「あの栄養剤は、俺の叔父が持ってる製薬会社の製品だ。叔父に連絡して、百本ほど工場から送ってもらった。身内での消費だから支払いも請求されてない。だから気にせず飲んどけ」

「……」

呆気にとられた夕侑に、横で神永が苦笑した。

「そうなのか。なら、遠慮せずもらっておいてもいいんじゃないかな。試供品だとでも思って」

「まあ、そうですね」

獅旺も片頬をあげて笑う。

「け、けど、いいんですか」

身内だからといって、ただでわけてもらえるものなのだろうか。

「いいんだよ。あれくらい」

御木本グループの御曹司は、大したことじゃないというようにかるく答えた。

「じゃあ、……その。なら、……もらっておきます」

あまり意地になって断るのも悪いと思い、頭をさげて礼を言う。

「ありがとうございます」

「ああ」

素直になった夕侑に、獅旺も心なしか機嫌がよくなった。

そこに通りがかった生徒が、獅旺に声をかけてくる。

「おい、獅旺。三階で白原が探してたぞ。来週の球技大会の件で話をしたいそうだ」

彼はそれに「わかった。すぐいく」と返した。そうして夕侑を振り返り、口のはしをあげて言った。

「毎日必ず飲めよ。足りなくなったらまた送らせるからな」

「……」

プレッシャーを感じる一言を残して立ち去っていく。

周囲より頭ひとつぶん背の高い姿を見送りながら、夕侑はやっぱり自分は食べられるために太らされているんじゃないかと心配になった。

＊　＊　＊

自室に戻った夕侑は、すみにおいたダンボール箱から栄養剤を一本取りだした。

勉強机の椅子に腰かけて、小箱から茶色の小瓶を取り出す。何の変哲もない普通の栄養剤だが、一本五千円と聞くと、それだけで効果があるように感じてしまう。

封を切って一口飲むと、初めて経験する甘く刺激的な味に目を瞬かせた。

こんな高価な品を、無料とはいえ、わざわざ取りよせてくれるなんて。

喉を伝っておりていく液体が、胃に落ちると熱を持つ。そうして身体の内側をゆっくりと温めていく。

夕侑は小瓶を見つめながら、先刻の風呂上がりの獅旺を思い出した。

そう言えば、彼は初めて出会った入学式でも、髪をあんな風に後ろに撫でつけていたっけ。

ふと数か月前の式のことが脳裏によみがえり、栄養剤の効果ではない熱を胸に覚えた。

あの日、獅旺は、きっちりと着こなしたブレザーの制服の胸に花をつけ、壇上から在校生代表として堂々と歓迎の辞を述べていた。

朗々と響く美声に、魅力的な容姿。ネコ目種族の頂点に君臨する威厳が、彼からはあふれていた。

講堂のすみの特別席に座って、遠くからそれを見つめていた夕侑は、彼の雄々しくも品格のある振る舞いに、雷で打たれたような胸の震えを感じたのだった。

まるで、運命の相手を見つけたかのように。

その夜、夕侑は経験したことのない激しい発情に襲われシェルターの中で悶え苦しんだ。抑制剤もまったく効かなくて、自分が何か怖ろしい生き物に変わってしまったかのようで、泣きそうになりながら欲望をなだめてすごした。

あの人が欲しい。抱いて欲しい。心も身体も自分だけのものにしたい――。

あのとき獅旺に感じたのは、恐怖と同時に抗いがたい魅力だった。

その感覚が肌に戻ってくる。

獅子は怖ろしい存在のはずなのに、彼にだけは危機感よりも引きよせられる力の方が強く働いてしまう。思い出すだけで、心臓がトクトクと鼓動を早める。

夕侑は小瓶を握りしめてうなだれた。

――嫌だ。

セックスだけに拘束される、そんな淫らな生き物には、絶対に成りさがりたくはない。

獅旺が栄養剤をくれたことは、本当は嬉しかった。

ビックリするほど高価な品だったから、返しにいこうとはしたけれど、体調を気遣ってくれていたことは、本心では嬉しく感じていた。

だからこそ、あの人に発情しかない人間だと思われたくなかった。アルファ獅子族と同等になろうとまでは望まないけれど、せめてちゃんと生きているひとりの男として認めてもらいたい。

自分だって意志ある人間だ。性の対象とだけしか認められないなんて、悲しすぎる。

夕侑は自分を支配しようとするオメガ性に抗おうと、大きく深呼吸をして理性を呼び戻した。

＊　＊　＊

翌朝は、いつものように神永の部屋にいって簡単な健康診断をしてもらった後、一緒に食堂へと出向いた。

生徒でごった返すカウンターで、ご飯と味噌汁、ハムエッグと桃のゼリーを取る。昨日栄養剤を飲んだせいか、食欲がいつもよりあったので、ツナとほうれん草のごま和えの小鉢も手にした。

「お、今日はたくさん食べるね」

神永に言われて、夕侑は微笑んだ。

「はい。お腹がすいていて」

「いいことだ」

あいていた窓際の席に向かいあって座る。雑談をしながら食べていたら、背後から爽やかな声が聞こえてきた。

「おはようございます、神永先生」

顔をあげると、白原と獅旺がトレーを手に立っている。

「やあ、おはよう」

神永がそれに答えた。

「ご一緒してもよろしいですか」

白原が数日前のシェルターでの出来事などなかったかのような、いかにも優しげな優等生といった様子でたずねてくる。

「ああ、いいよ」

ちょうど横の席がふたつあいていたので、神永がそこを示した。

「ありがとうございます」

許可を得た白原が夕侑の隣に、獅旺が神永の横に座る。ふたりが同席することになって、夕侑は少し緊張した。

斜め前の席に腰をおろした獅旺は、すこし眠そうな顔をしている。牛乳のパックをあけながら、瞼が半分落ちた金茶色の瞳をこちらに向けて、ボソリと呟いた。

「栄養剤は飲んだか？」

少し掠れた声は、寝起きのせいかいつもより低い。

「あ、はい」

夕侑はすぐにうなずいた。

「そうか」

短くそれだけ答えると、すぐに食事を始める。

「何？　栄養剤って」

横の白原が大きなホットドッグに手をつけながらきいてきた。

「御木本くんが、昨日、大谷くんにプレゼントしたんだよ」

神永が答える。

「へえ。獅旺がそんな気遣いをするなんて珍しいな」

獅旺を見ながら驚いた顔で言う。

「他人にあんまり興味のないタイプだと思ってたけど。優しい心もきみにはあったんだね」

冗談ぽい口調に、獅旺が顔をしかめた。

「倒れられたら困るから」

素っ気なく言い放って、サンドイッチの包みをはがす。獅旺以外の三人は、その言い草に顔を見あわせた。

そうか、夕侑が倒れたりしたら、シェルター内で自分がしたこともバレてしまう怖れがあるから。だから栄養剤を差し入れたのか。

獅旺は自分に迷惑がかからないようにするために、夕侑の健康を保とうとしてるのだ。そのことに気がついて少し落胆する。けれど、予想の範囲内ではあった。

「……まあ、この男はこんな性格だけど。大谷くんは気にする必要ないから。身体は大事にね」

白原がこちらを見てフォローを入れる。

「はい」

夕侑はそれに微苦笑した。

白原がとりとめのない話題を振ってくるので、三人で応えながら、一見和やかに食事をする。

その途中で、獅旺はまた唐突にたずねてきた。

「大谷、お前、それだけで昼まで腹が持つのか？」

「え？」

俯いて食事をしていた夕侑は、話しかけられて顔をあげた。トレーにある皿の数はいつもより多い。

「はい。十分です」

獅旺のトレーに目を移すと、五百ミリリットルの紙パックの牛乳に、大きなパストラミのサンドイッチがふたつ、それから大盛りのフルーツに、ヨーグルトがならんでいた。見るだけでお腹が一杯になりそうなメニューだ。さらにナプキンに包んだスコーンが三つ。きっと休み時間にでも食べるのだろう。

白原のトレーも同じほどの量がのっている。獣人の旺盛な食欲には驚かされるばかりだった。

「ヒトってのは小食なんだな」

獅旺がサンドイッチにかぶりつきながら言う。

彼が口をあけると、尖った犬歯が目に入る。それが数日前、自分のうなじを何度も噛もうとしていたのだと気がつくと、夕侑は落ち着かない気持ちになって視線をそらした。

そそくさと食事をすませ、先に部屋に戻ろうとポケットの鍵を探る。

すると指先に硬いものが触れて、ストラップを持っていたことを思い出した。

「あ。そういえば、これを」

取り出して、白原のトレーの横におく。

「何だい？　これは」

白原が人形を手に取って眺めた。

「落としものです。廊下で拾ったんです。落としもの担当は白原さんでしたよね」

「たしかに僕だけど。でもこれ、ゴミじゃない？　誰かが捨てたんじゃ？」

古いストラップの紐をつまんで揺らす。

「いえ。そんなことないと思います。多分、落とした人は探してるんじゃないでしょうか。今はもう手に入らない古いものだし、ずっと大切に持っていたように思えますし」

「そうなの？」

「僕も、同じものを持ってたんでわかります。当時、すごく人気だったキャラのオモチャなんです」

「へえ。でも、傷もついてるし、汚れているし。本人が価値をわかってるのなら、ネットのオークションででも新しいものを手に入れるでしょう」

「同じものを持っていた？」

そこで獅旺が顔をあげてきた。

「……はい。けど、僕のは、もう、ないんですけど」

「なくしたのか？」

重ねて問われて、ちょっとビックリする。彼がなぜ、同じストラップを持っていたことに興味を示したのか不思議だったからだ。

夕侑は小学校のときの出来事を皆に話した。いじめられ、宝物だったサニーマンをゴミ箱に捨てられたことを。

すると白原が顔をしかめた。

「何て奴らだ。今からでも僕がいって、喉元をかみ砕いてやろうか」

物騒な台詞に、慌てて首を振る。獣人は平気な顔でそんなことを言うから返答に困ってしまう。

それに白原は、ふっと微笑んだ。

「じゃあ、それはきみが持っていればいいよ。落としもの掲示板には一応、のせておくけど。持ち主が現れなかったら、そのままきみがもらっておけばいい」

「え、でも」

「持ち主不明の落としものの処分には、いつも困ってるんだ」

さらりと言って、白原は夕侑にストラップを返してきた。

「……はい。じゃあ、そうさせていただきます」

サニーマンが自分の手に戻ってきたことに、ほのかな嬉しさを感じつつ夕侑はそれを握りしめた。

ふと、獅旺に目を向けると、彼は早々に食事を終えて夕侑の手元をじっと眺めている。

端整な顔は何か考えにふけっているようで、いつもの近よりがたい雰囲気は少し和らいでいた。

＊　＊　＊

その日、夕侑は普段通りの授業を受けて、放課後になるとひとりで校舎を出た。

他の生徒は部活動に精を出す時間だったが、夕侑はどこにも所属していないのでまっすぐ寮に向かう。

部活動に参加したいと思ったこともあったが、やはり自分がオメガだということを考えると、どうしても二の足を踏んでしまい、それで結局どの部にも入らないまますごしていた。

校庭のはしの欅並木を歩いていると、渡り廊下から明るい声が聞こえてくる。振り返れば、三年の教室のある棟から、生徒会役員の一群が出てくるのが見えた。

真ん中に背の高い獅旺がいて、それを取り囲むように他の生徒らがいる。どうやら生徒会活動の途中らしい。

獅旺は誰よりも見目がよく、男らしく、そして魅力的だった。栗色の髪が西日に輪郭を彩られ、たてがみのようにきらめいている。

——きれいだな。

夕侑は立ちどまって彼を見つめた。

獅子は怖いはずなのに、どうしてか彼には恐怖と同時に、もうひとつ胸を焦がされるような感情を呼び覚まされる。

遠くからでいいから、こうやってずっと見つめていたいとか、彼の姿を写真に切り取って、いつも持っていたいとか。

「……だめだよ」

その気持ちの正体を、夕侑は心の奥底におさえこんだ。

そしてまた歩き出す。

彼に対して、よこしまな感情を持ってはいけない。これは無用のものだ。

欅の落ち葉がつもる道を、自分に言い聞かせながら寮へと急ぐ。自室に帰ると、制服を脱いでジャージに着がえ、すぐに机に向かった。

今日の復習と明日の予習に、それがすめば定期テストに備えて問題集を解く。わからない部分はネットで検索したり参考書を読んで調べたりした。

この学園の偏差値は高い。オメガである自分は、元来さほど優れた頭は持っていない。だから必死になって勉強しなければ、皆についていけないのだった。

夕侑にはひとつの大きな夢がある。

――いつか、この世に住む不幸なオメガを救いたい。彼らの役に立ちたい。

それが人生の、一番の目標だ。

夕侑は施設で不幸になったオメガを何人も見てきている。アルファに犯され精神を病んだ者、身体を売る仕事に堕ちた者。どうせ幸せにはなれないのだからとヤケになり、普通に生きることを放棄した仲間は何人もいた。

大切な友人も、バーストしたアルファ獣人に襲われ命を落としている。その経験が、夕侑に自立したオメガになりたいという強い目標を持たせていた。

オメガだからといって発情に振り回されるだけの人生は送りたくない。自分はまだ恵まれているほうなのだ。だから、この恩恵を自分だけのために使ってはいけない。オメガは弱い。結束して強くならなければ。

今までたくさんの不幸なオメガを見てきた夕侑は、アルファと番になり、ただその庇護のもとで安穏と幸せになるという道を選ぶことに、どうしても抵抗を覚えるのだった。

この世界にはアルファに頼らず、ひとりで働いているオメガだってたくさんいる。そういうオメガは、支援団体を立ちあげたりボランティアを通じたりして、不幸なオメガを救う活動も積極的に行っている。

夕侑も将来は、そういった仕事に就きたいと考えている。最近では、アルファと番にならなくても手術でオメガ性を取り除くという方法だってあると聞く。お金もかかるし身体の負担も大きいが、自立したオメガになるために可能ならそれも選択肢のひとつとして考えていた。

そのためにはまず勉強だ。知識を身に着け、学園卒業後も進学して色々な資格を取得しなければならない。

苦手な数学に頭を痛めつつ、教科書の問題を解いていたら、部屋のインターホンがかるい鈴の音を鳴らした。

「はい」

誰だろうと、立ちあがってモニターを見にいく。画面には廊下に立つ白原が映っていた。

『やあ。勉強中だったかい』

「はい」

相手がカメラ越しにニコリと笑う。

『ちょっと休憩して、僕の部屋にお茶でも飲みにこない？　それから、以前言っていた、参考書と問題集の古いのをあげたいんだけど。取りにこないかい』

「本当ですか」

夕侑は弾んだ声で答えた。

教科書と学習準備金は学園から支給されているが、それ以外のものは自分でそろえなくてはならない。施設出身の夕侑には参考書などを購入する余裕はなかったから、譲ってもらえるのならすごく助かる。夕侑はさっそく鍵を解錠して、廊下に出た。

「ありがとうございます。白原さん」

「構わないよ。僕も暇だったしね」

白原は優しげな微笑みを浮かべて言った。

数日前のシェルターの一件があっても、変わることなく親切にしてくれる姿に安心する。この人は本当に親切だ。

「家から送ってきた焼菓子のつめあわせがあるんだ。ガレットやフィナンシェがたくさん入っててね。僕ひとりじゃ食べきれないし。きみは甘いものは好き?」

「はい。大好きです」

「それはよかった」

部屋を出て、話しながらふたりで寮の二階にある寮長室へと向かう。白原は獅旺と同室だった。

「さあ、入って」

ドアをあけた白原にうながされて中に入ると、そこは十二畳ほどの、長方形のシンメトリーな造りのふたり部屋となっていた。

机にチェスト、本棚にカーテンのかかったベッドが、それぞれ対になっておかれている。

右側が白原のスペースらしく、きれいに整頓されていた。左側は獅旺の空間のようだ。少し乱雑で、服や本が出したままになっている。

本人がいないのに、勝手に生活空間をのぞき見してはいけないと思いつつ、目は自然とそちらに吸いよせられた。

勉強机の上に広げられたままの化学雑誌や、ベッドの枕元に放り出されたSF系の文庫本。壁に貼られた宇宙のポスター。こんなものが好きなんだと、知らなかった一面を発見して小さな昂揚を感じてしまう。

ふと見れば、ドア横の床にジャージの上着が落ちていた。壁のフックから外れ落ちてしまったらしい。拾いあげると、そこからほのかにアルファフェロモンの香りが立ちあがった。

ほんのわずかな、けれど彼の身体が作り出した野生と熱情の証。

夕侑はめまいを覚えた。

彼の知的な面と、獣の本能を同時に感じ取って心が混乱する。

獅旺のことをもっと深く知りたいと、彼に関する物事を集めたいと気持ちが逸り出す。

「まったく、あいつはだらしがないなあ」

白原の言葉にハッと我に返り、夕侑は慌てて上着をフックにかけ直した。

「僕もよく落とすんです。このフック、使いにくいですよね」

胸に生まれた感情を振り払って明るく言う。そして何気なく横にあった本棚に目を移した。

「……」

そこには、ケースにおさめられた十数体のフィギュアがきれいに並んでいた。大小様々な色とりどりの人形は、どれもアメコミのヒーローのようだ。

「わりと子供っぽい趣味だろ。あの見た目で」

夕侑の視線の先を見ながら白原が笑う。夕侑は誘われるようにしてじっとケースを見つめた。

高価なフィギュアなのだろう、すべて精巧な作りで今にも動き出しそうな生き生きとしたポーズを取っている。

けれど、その中にサニーマンはなかった。

「さあ、こっちへおいで。お茶とお菓子があるよ」

呼ばれて、夕侑は彼のスペースに移動した。

白原がクローゼットから数冊の本を出してきて勉強机に積む。

「これが参考書と問題集。全部持ってっていいからね」

「こんなにたくさんいいんですか」

「もう使わないからね。もしもわからない所があったら、いつでも教えてあげるよ」

「本当ですか。ありがとうございます」

用意された紅茶と厚焼きクッキーをふたりでつまみつつ、一年生用の参考書類を一緒に眺める。

嬉しくて順々に手に取っていたら、あいた窓から不意に誰かが飛びこんできた。

「――っ」

驚いて本を床に落とす。大きな獣の影に、恐怖を感じてとっさにドアまで走って逃げた。

「おい、獅旺っ」

部屋の真ん中に四本足ですっくと立ったのは、尾の長さを含めて全長が二メートルを超えるであろう、立派な体躯の獅子だった。

「いきなり入ってくるなよ。大谷くんがビックリしているだろ」

白原が獅子を怒る。すると大柄な獣は、口角を持ちあげ低く唸った。

かるくジャンプして身をひるがえすと、あっという間にヒトに変身する。

素裸の獅旺が目の前に現れて、夕侑は慌てて目をそらせた。

「何だ。いるとは思わなかったんだ」

悪びれない言い方でふたりに背を向けると、壁のクローゼットまで歩いていく。

「その恰好で、いったいどこに?」

白原が呆れ声でたずねた。

「森を駆けてきた。毎日走らないと、身体がなまるからな」

クローゼットの中から服を取り出しながら獅旺が答える。夕侑はいけないと思いつつ、その姿をそっと盗み見した。

見るからに屈強そうな逞しい身体。背中から腰の硬いラインはストイックな魅力に満ちている。

夕侑は胸の昂りを覚えて、やましさに目を伏せた。

「驚かせてすまなかったな、大谷」

「……いえ」

獅旺はボクサーパンツをはき、Tシャツに腕を通しながらきいてきた。

「で、そっちは何をしてたんだ」

「大谷くんに、僕が使っていた参考書や問題集をあげていたんだ」

獅旺はドアの前に立つ夕侑に目をくれると、納得するようにうなずいた。

「参考書を買う金もないのか」

それは、別に馬鹿にした言い方ではなかった。ただ事実のみを言っているだけだったが、夕侑はその言葉に傷ついた。

先ほどまで感じていた好意が、急速にしぼんでいく。

「足りないのなら、理事長に言って、学習準備金を増やしてもらえばいいだろう」

獅旺はさらりと告げて、部屋のすみにある小型の冷蔵庫からペットボトルを取り出した。

冷蔵庫は彼専用のものなのだろう。この寮では、いくつかの電化製品を個人で持つことが許されていた。もちろん、夕侑の部屋にはそんな贅沢なものはなかったが。

獅旺の言葉に、白原がやれやれと首を振った。

「そんな簡単に言うけどね。御木本グループの御曹司で、親が学園に多額の寄付をしているきみとは違うんだ。大谷くんには無理だろう」

そしてドアの前に立ったままだった夕侑を手招く。

夕侑は獅旺をさけるようにして、白原の机まで移動した。

「御木本グループと言えば、銀行、商社、不動産業を持つ巨大財閥で、獅子族が三代続くエリート一家。そして獅子族はネコ目の中でも頂点の種族。将来はグループの総帥になるであろう男はこれまた顔も頭もできがいい。きみにはコンプレックスなどないだろ。だから、弱者の気持ちに鈍感なんだ」

白原が夕侑に聞かせるようにして話す。獅旺はペットボトルの水を飲みながら反論した。

「白原には、俺の苦労はわからないだろうよ。そんな家に生まれた者が、いかに不自由な暮らしをしてるかなんて」

「それは贅沢な悩みというものだ。きみが何事につけても横柄なのは、生まれ育った環境のせいなんだろうな。大谷くんに対して思いやりに欠けるのも、きみの鈍感さゆえの産物だろう。きみの無神経な言い草が大谷くんを傷つけているのをわかってるのかい」

白原の言葉に、憮然となった獅旺は、しかし否定はしなかった。自覚はあるらしい。

「以後気をつける」

それだけ言って、また水に口をつけた。

「僕、もう部屋に戻ります。白原さん、ありがとうございました」

獅旺が不機嫌そうな様子になったので、夕侑はもらった本を手にドアへ向かった。

「わからない所があったら、いつでもおいで」

笑顔で言う白原に頭をさげ、ドアノブを掴んだ所に声がかかる。

「大谷」

名前を呼ばれて、夕侑は振り返った。

「この前、獅子が怖いのは、昔怖い目にあったからだと言ったな」

「え、ええ」

獅旺は壁にもたれて、こちらを見ている。夕侑を怖がらせないようにするためか、距離は取ったままだ。

「俺の仲間は、過去にお前に何をしたんだ」

「……」

いきなり単刀直入に問いかけられて戸惑う。センシティブな話題を無造作に持ち出すのは、やはり白原が言うように、この人は少し配慮に欠ける所があるようだ。

けれど、そういう相手ならなおさら、ハッキリ伝えないとわかってもらえないだろうと思った。

夕侑は顔をあげて、相手をまっすぐに見返した。

「僕ではないのですが、友人が獅子族アルファに襲われて、死んだんです」

そう告げると、獅旺の目が見ひらかれた。

夕侑はその姿に、言ってしまった後悔と、同時に言わせた相手を責める怒りを覚えた。気持ちが昂り、言葉が続いて出てしまう。

「同じ施設にいた、同級生のヒト族オメガでした。三年前の夏休み、一緒に街に遊びに出て、彼は運悪く、初めての発情に襲われたんです。ちょうど近くにいた獅子のアルファがバーストして、友人に襲いかかって、見ている人も多い中で……」

言いながら、夕侑はそのときの光景を、ありありと思い出した。

友人にのしかかり、服を引き裂いて、雄の象徴を無理矢理ねじこむ大柄な獅子。泣き叫びながら助けを求める友。

夕侑は足がすくんで、何もしてやれなかった。

――イヤだっ、いやっ、やめて。――ああ……助けて、イヤ、ああ――……もっと、して、イや、してっ。……あぁイい、いい、いいッ……。

混乱しながら発情にのまれていく友人。パニックになる周囲の人々。バーストした獅子は、友人の首輪を噛みちぎろうとして、肩や頭に喰いついた。

友人は意識が朦朧となりながらも、最後は悦楽に笑っていた。

それが、何よりも、怖ろしかった。

「……」

夕侑の告白に、獅旺も白原も黙りこむ。

「僕は、彼を、助けてやれなかった」

視線を落として、小さな声で呟く。

いつも一緒にいた親友を失って、あのころの夕侑は、本当に地獄の底にいるような思いだった。

「その友達は、抑制剤を持っていなかったのか」

獅旺がたずねてくる。

「はい。その日は、持っていませんでした。まだ大丈夫だろうと考えていたんだと思います」

「だったら、お前の友達にも落ち度はある。オメガのフェロモンにあてられたら、我々アルファは自我を保つのが難しい」

夕侑はうなずくしかなかった。

たしかにその通りだったたし、警察にも言われた。『交通事故にたとえるのなら、暴走車はオメガのほうになるんだよ』と。

獅旺の言うことはもっともだ。けれど一般論と感情は違う。法律家のように冷たく言い切られて、夕侑は悲しみに胸が締めつけられた。

アルファにオメガの苦しみはわからない。

夕侑は下を向いたまま、ふたりに挨拶すると部屋を出ようとした。

すると、獅旺がつかつかと近よってくる。

何か大きな感情に突き動かされるようにして、夕侑の腕を掴んだ。

「アルファは、オメガを襲うためにいるんじゃない」

「――」

驚く夕侑にかまわず、強い眼差しで見つめてくる。

「アルファは、オメガを、守るためにいるんだ」

「……ぇ」

獅旺は、夕侑が嫌がっていることを忘れてしまったかのようだった。手に力をこめて、グッと自分のほうへと引きよせる。

「運命の番、という言葉を知っているか」

唸るように言われて、肩がヒクリとはねた。

――運命の番。

それは、アルファとオメガの間だけにある、特別な絆だった。

どのアルファにもたったひとり、この世で一番惹かれあうオメガが存在する。

その相手とは、出会った瞬間に互いに恋に落ちるのだ。一目惚れのように。そして身も心も求めあう。まるでひとつにならなければ死んでしまうというかのように。

魂の片割れ。完全なる陰陽。人生を支配しあう命より大事な相手。

神様だって、ふたりの仲を引き裂くことはできない。

「……知ってます」

けれど、自分には関係のない存在だ。

「どうして、そんな関係がアルファとオメガには存在するのか知っているか？　それは、弱いオメガをアルファが守るためなんだ。オメガは、運命のアルファにだけは、誰よりも優位に立つことができるから」

「……え」

「アルファは、運命の相手を守るためだったら命も投げ出す。何もかもを、捨ててでも、絶対に守り通そうとする」

瞳に宿る、力強い光に吸いこまれそうになる。

身体が痺れ、さっき彼の上着を手にしたときに感じた昂揚がよみがえった。

野性的な熱情にのまれて、抗おうとしても心が勝手に動き出す。

「お前の、運命の番は——」

「いません」

さえぎるように言い切った。

「いません。僕のそんな、人は」

獅旺の目が、不思議そうに眇められる。

「……手を、放してください」

「そんなわけないだろう。すべてのオメガには、運命の番がいる」

「だったら、僕の、番は、すごく遠い所にいます。一生、出会うことのない場所に」

「どうしてそう思う？」

「……」

夕侑は相手を強く見つめ返した。

獅旺も言葉を引き出すために睨みつけてくる。

「……少なくとも、この学園にはいません。それだけは確かです」

断言すると、獅旺は納得できないという顔をした。

「お前は何も感じないのか？　俺とこうしていて」

見つめられると、全身がビリビリした。まるで電気が流れているかのように。

それは相手も同じなのだろう。獅旺の手もわずかに震えている。

「俺はすぐにわかった。入寮してきた日に、離れた場所からお前を見つけて――」

けれど、夕侑はかたくなに首を振った。

「何も、感じません。あなたが何を言おうとしているのか、僕にはまったくわかりません。すみません」

息をつめながら、もう一方の手で、獅旺の手を引きはがす。

そのまま目をそらし、ふたりに頭をさげて逃げるように部屋を出た。

階段を走りおりて、他の生徒にぶつかりそうになりながら廊下を進み、自分の部屋に飛びこむ。音を立ててドアをしめると、背中を扉に預けて大きく息をついた。

獅旺の次の言葉を、夕侑はわかっていたかも知れない。

しかし、それを聞くのは怖かった。

——運命の番。

それは、自分の未来には必要のない存在だ。

ずるずるとしゃがみこみ、本を抱えたままうなだれる。

運命のアルファがオメガを守ってくれるというのなら、死んでいった友人には、どうしてその相手が現れなかったのか。彼はなぜ、あんなふうに死なねばならなかったのか。

運命の番に出会うことなく人生を終える者も多い。出会えること自体、幸運で奇跡的なのだ。

その奇跡と幸運を、何の苦労もせずに受け取ることに、自分は罪悪感しか覚えない。

床に座りこんだまま、しばらくそうしていた夕侑は、やがてゆっくりと立ちあがり、もらった本を整理して本棚に立てかけた。勉強の続きをする気になれなくて、ベッドに横になる。

そうして獅旺のことを考えた。

あの人と自分は、住む世界と価値観が違いすぎる。

学習準備金が足りなければ理事長に催促すればいいと言い、襲われるオメガにも落ち度があると言い切るアルファ御曹司に、施設育ちの孤児の苦しみを理解してもらうのは無理だろう。たとえ運命のいたずらで、番の赤い糸が結ばれていたとしても。

加えてあの人はオメガを欲望の対象としか見ていない。自分を獲物としか扱ってくれない人に、普通の愛情を期待するのは愚かな考えだ。

そのとき、何かが耳の奥で、夕侑のあきらめに逆らうように、言葉をかけてきた。

何だろうとその感覚を追うと、思いがけない声が心に響く。

——アルファは、オメガを襲うためにいるんじゃない。オメガを、守るためにいるんだ。

「……」

それはさっき獅旺が放った台詞だった。

夕侑はベッドの中で目を瞬かせた。

「アルファは、オメガを、……襲うために、いるんじゃない?」

ふっとため息をつきながら、そんな馬鹿なとかるい笑いをもらす。

きっと何か勘違いをしているのだ。

あの人はわかっていない。オメガのことを、何も。

苦しみも、悲しみも。

だからあんな見当外れなことを言うのだろう。

「襲ったじゃないか……シェルターで。僕のことを」

シェルターのことを思い返すと、思考がぐちゃぐちゃに入り乱れる。

それを忘れたくて、夕侑は目をとじると、彼のことを強制的に頭から締め出した。

＊　＊　＊

翌週、学園の高等部で球技大会が催された。

朝から秋晴れの空に鰯雲がうすく広がり、空気は澄んで気持ちのよい日となる。生徒は皆、体育着で登校するとＨＲの後、割り振られた試合に出場するために各所へ移動していった。

競技種目は、サッカー、バスケットボール、ソフトボールとテニスに卓球。夕侑は獣人生徒らの運動神経についていけないので、記録係を担当することになっていた。

体育館のすみにおかれた長机に座って、終了した試合のスコアをまとめていく。種目によってはクラス対抗戦となっていて、優勝チームは表彰されるとあり大会は大いに盛りあがっていた。

オオーッという雄叫びが聞こえて、思わず机から目をあげる。すると離れた場所で三年生のバスケットボールの試合が行われているのが見えた。どうやら接戦らしく、点が入るごとに大きな歓声が体育館に響き渡った。

コートの中心を駆けているのは、ボールを手にした獅旺だった。

素早いドリブルを決めて、あっという間にボールをゴールポストに投げ入れている。相手チームにも強い選手がいて、その生徒と競りあうとギャラリーからも興奮した応援がかかった。

「三年生はずいぶん盛りあがってるなあ」

「最後の球技大会だからね」

夕侑の横にいた生徒らが試合を見ながら感想を言いあう。

「御木本先輩すごいな。あの人、バスケ部じゃないのに、部員にぜんぜん負けてないよ」

「ホント恰好いいなぁ。あの身のこなしはやっぱ獅子だよな。俺はアザラシ族だからああはいかないや」

憧れの眼差しを向ける生徒らを横目に、夕侑は報告されてくる試合結果をクリップボードに書きこむ作業を黙々とこなした。手を動かしながら、時折、歓声があがると獅旺の試合を遠目に見る。

彼は多くの選手の中で一番目立っていた。長い手足に、隙のない動き。走るたびしなやかな筋肉が波打ち、汗が光る。

真剣に戦うその姿に見とれない生徒はいなかった。

やがて試合が終了し、獅旺のチームが勝利すると、皆が彼に駆けよっていった。すごい、よくやった、という賞賛の嵐を受ける本人は、至って冷静な顔をしている。自分の能力に自信がある人の、余裕のある表情だ。

夕侑はぼんやりとそれを眺めた。

「大谷くん、ここはもういいよ。ご苦労さん」

体育教師に声をかけられて、はっと我に返る。

「競技ももう、ほとんど終了しているし、表彰式にでないなら寮に戻っていいぞ」

「あ……。はい、わかりました」

壁にかかった時計を見れば、時刻は午後三時をすぎていた。夕侑は片づけをしてから席を立ち、試合結果に賑わう生徒らを避けて体育館を後にした。

外に出て、晴れた空を見あげると、どこからともなく歓声が聞こえてくる。体育館だけでなく、講堂や運動場でも試合が行われているからだ。

陽がかたむき影ののびた道を、ひとりでとぼとぼと歩き出す。少し風が冷たく感じて、ジャージの襟元を手で押さえた。

途中、サッカー場を通りがかると、決勝戦でも始まったのか、生徒が群れた中からホイッスルが響いてくる。

「獅旺、いけよ！」

という叫びに、「えっ」と驚いて顔を向ければ、グラウンドを走る勇姿が目に飛びこんできた。

「……まさか」

先刻、体育館でバスケットをしていた獅旺が、今度はサッカーボールを蹴っている。

「やれ！　獅旺、走れ走れ！」

「ゴールまですぐだぞ！」

呆気にとられて見ていると、獅旺は鮮やかに敵陣をくぐり抜けて、最後にキーパーをかわしてゴールを決めた。

「……」

ワーッという喝采がわきおこる。

どうやら彼は、サッカーの試合にもかり出されているらしい。際だった運動神経の持ち主だから、きっと他種目に参加を求められたのだろう。

「すごいな」

バイタリティも、結果を残せる才能も。

自分とはまったく違う。

夕侑はいっとき立ちどまって試合を観戦した。バスケットとサッカーでは試合運びも違うだろうに、彼はうまくそれをこなしている。前半戦も終わりごろになれば、点差もひらいて獅旺のチームの優勝は確定となった。

それを確認してから、夕侑はまた寮に向かって歩き始めた。盛りあがる応援を背後に聞きつつ、グラウンドから遠ざかる。風は相変わらず冷たかったけれど、心の中になぜか熱いものが生じていた。

それは獅旺に対する憧憬と感動だった。

「……恰好よかった」

ポツリと本音がもれて、夕侑はその言葉を風に飛ばした。頬に熱がのぼるのが感じられて、唇をキュッと引き結び帰り道を急ぐ。

住む世界の違う人とあきらめたけれど、尊敬するぐらいはいいだろうか。そんなことを考えてしまう。遠くから憧れるくらいなら、自分に許そうか。

もの思いにふけりながら寮近くの舗道を歩いていくと、建物の軒下にある自動販売機の前で試合を終えた生徒が五人、ジュースを買って飲んでいるところにいきあたった。

騒々しく笑いながら雑談をしているのは寮生だろう。何だか嫌な予感がした夕侑は、その横を伏し目がちに通りすぎた。

すると、夕侑を見つけたらしい生徒らの声がピタリととまる。

気にしないようにして足を早めたが、背後から叫ばれた。

「おーい！　オメガっ！」

大きな声に、緊張が走る。夕侑は振り向かずに玄関を目指した。

寮の入り口には監視カメラが設置されている。防犯のために取りつけられているものなのだが、生徒が悪さをしているところが映ればペナルティが与えられるので、アルファ生徒のオメガ奨学生に対する嫌がらせの抑止力にもなっていた。

「おい！　無視するなよなっ」

けれど録音はされない。だから彼らは、こんなからかいの言葉を投げるのだろう。こういった質の悪いいたずらは、今までもときどき受けていた。

「オメガちゃーん。こっち向いてよー」

「いっつも発情してシェルターに入った後、ひとりで何してんのさ」

「ボクにも手伝わさせてぇ～」

卑猥な野次にうんざりする。彼らはゲラゲラ笑いながら後ろから近づいてきた。早く部屋に戻ろうとすると、入り口の少し手前で立ち塞がれる。カメラの画角にはまだ入らない距離だ。

「無視すんなよ」

五人の顔に見覚えはないが、体操服に刺繍された名前の色から二年生だとわかった。もしかしたらこの前、メモをスリッパにいれた生徒もこの中にいるかも知れない。

この学園は優秀な生徒が多いが、それでも素行不良な学生も一定数いる。この五人はきっとそういう輩なのだろう。夕侑は運の悪さを呪った。

「ねえ、ちょっとだけ、エロい顔して見せて」

下を向く夕侑の顔を覗きこむようにして、ひときわ大柄な生徒が下品なことをささやいてくる。

「少しでいいからさ。何もしないから」

睨みあげると、その瞬間、パシャッという音がした。

「うわ。エッロ」

生徒がひとり、こちらにスマホを向けている。

「いい顔ゲット。これ、今夜使わせてもらうわ」

すると残りの四人もスマホを取り出して、夕侑の写真を撮り始めた。

「やめてください」

パシャリ、パシャッという音が周りでいくつも鳴り響く。写真を撮られているだけだが、何ともいえない恐怖感に襲われた。

「いいじゃん、これくらい。触れないんだからさ」

「ねえ、服もちょっとずらしてくんない?」

「いやです」

「訓練ごとにおあずけ食わされてる俺たちの身にもなってよ」

「いやだ。もう通してください」

パニックになった夕侑が涙目になると、それもまた写される。

囲まれて逃げ道もなく、神永先生でも通りがかってくれないかと願いながら俯いて我慢していると、急に「うわ」という声が後ろからした。

「痛てぇッ」

悲鳴があがり何事かと振り返れば、不良たちの背後に何と獅旺が立っていた。

ものすごく怒った顔で、スマホを持った二年生の腕を掴んでいる。

「み、御木本先輩っ」

五人が急に慌てふためいた。

「お前ら、ここで何やってる」

夕侑は目を丸くして、獅旺を見つめた。

「オメガ生徒に絡んだらどうなるか、知らないわけじゃないだろう」

「す、す、すみませんっ」

きつく腕をひねりあげられた不良が、「ひぃぃぃっ」と情けない声をあげる。

「で、でも、触ったわけじゃありませんよ」

言い訳するが、それに構わず獅旺はスマホを取りあげた。画面を確認してさらに怒った顔になる。獅子のオーラが彼を包みこんだ。

「おい、全員、スマホをこっちに渡せ」

「えっ」

「渡せって言ってる」

「あ、は、はい」

残りの四人が素直にスマホを差し出すと、ひねりあげていた生徒から手を離し、全て没収した。

「お前たち、後で寮長室にこい。わかったな」

「は、はい、すみません」

五人はペコペコとお辞儀をして、寮の中へと逃げていった。よほど獅旺が怖かったらしい。夕侑は唖然としながら不良たちを見送った。

ふたりきりになると、獅旺がこちらに目を移してくる。その瞳は虹彩が金色に輝いていた。まだ獅子のオーラを漂わせている彼は、威圧感があって近よりがたいが、自分を助けにきてくれたのかと思えば頼もしくも見える。そしてなぜかいつもより少し親しみを覚えた。

「あ、あの……」

礼を言おうとしたら、「おーい」という呼び声が離れた場所から聞こえてきた。

見ると白原がこちらに向かって走ってきている。

「獅旺、何だよ急に試合中に抜け出して。みんな驚いてたぞ。……って、あれ？」

ふたりの元にくると、夕侑とスマホの束を見てどういうことかという顔をした。

「大谷が絡まれていたから」

「ああ」

白原がうなずく。

「なるほど。不穏な声でも聞き取ったのか」

「寮生が大谷をからかう声がな」

「だから耳が出てるのか」

白原が獅旺の頭を指さした。そこには髪から飛び出た獅子の耳がふたつある。

「どこにいるのか探すために。よく聞き取ろうと思って」

夕侑が耳をじっと見ているのに気づくと、獅旺は耳をピンと振って、それから手でなでつけて何事もなかったかのように髪の中にしまった。

「大谷くん、大丈夫だったかい？」

白原が優しくたずねてくる。

「はい、……獅旺さんが助けてくれたので」

獅旺の耳は、夕侑を助けにきてくれたときから出ていた。強面の彼に猫耳がついていたことで、いつもより怖さが半減していたのだと、そのとき気がついた。そして耳に気をとられていたせいで、無意識に獅旺を下の名前で呼んでいた。きっと白原が彼を『獅旺』と呼んでいるのにつられたのだろう。

夕侑が『獅旺さん』と言ったことに、本人がちょっと目をみはる。夕侑は自分の間違いに気づいて、「あっ」と声をあげた。

「す、すみません。上級生を名前呼びなんかして」

「いや、いい」

獅旺は首を振った。

「皆、下の名前で俺を呼ぶ。そっちの方が言いやすいんだろう。気にするな」

「はい、御木本さん」

「獅旺でいい」

「え」

「名前で呼べよ」

「……」

白原がそれを見て、横から口を挟んだ。

「お前、下級生にそんなこと許してないだろ」

「大谷はいいんだよ」

素っ気なく返すと、玄関の奥に顎をしゃくる。

「部屋まで送ってってやる」

先にいけ、とばかりに目で促されて、夕侑は慌てて玄関の中に入った。

下駄箱でスリッパにはきかえて、三人で自室に向かう。獅旺は夕侑が怖がるせいか、少し距離を取ってついてきた。

「助けにきてくださって、ありがとうございました」

歩きながら改めて礼を伝えると、獅旺がチラとこちらを見て素っ気なく言う。

「別に、寮内の規律を保つのは、寮長の仕事だから、気にすることはない。あいつらは後で俺がきつくしめておく。二度と馬鹿な真似はしないように。写真も全て消させるからな」

五人に対してはまだ怒りが収まらないのか、きつい口調になる。夕侑は獅旺の言葉に安堵した。不良たちのことはこの人に任せておけば大丈夫だろう。

部屋の前に着くと、もう一度、ふたりに礼を言った。

「迷惑かけてすみませんでした。これからは気をつけるようにします」

試合中にわざわざ駆けつけてくれたことを申し訳なく思い頭をさげる。

「いいんだよ、気にしないで」

と白原は言ってくれたが、獅旺のほうは夕侑の言葉に不満げな顔をした。

「お前が気をつける必要なんてないだろ」

何に納得していないのか不機嫌なままだ。もしかして自分は叱られているのかな、と夕侑は身を硬くした。けれど獅旺は夕侑に対して不満を言っているわけではなかった。

「悪いのはあいつらだけだ。大谷が迷惑をかけたわけじゃない。お前は別に何もしなくていい。気をつけなきゃならないのは、俺たちアルファのほうなんだから。謝る必要なんて何もない」

「え……？」

「アルファ生徒にオメガの耐性をつけさせるため、お前はこの学園にいる。それがオメガ奨学生制度の目的だ。だからお前は、ここで自由に振る舞っていいんだ」

何も悪いことはしていない、自由に振る舞っていい。そう言われて、夕侑は胸の奥が震えるほど熱くなるのを覚えた。

「……はい」

どうしてか目頭が熱を持つ。

「わかりました」

少し恥ずかしくなって視線を床に落とすと、獅旺が頭上で続けた。

「それでも、今日みたいに悪質に絡んでくる奴がいるようなら、そのときは大きな声を出せ。学園内なら、俺が聞き取れるだろうから。また助けにくる」

「えっ」

顔をあげれば、真剣な表情でこちらを見る目とぶつかる。

夕侑は先刻の猫耳姿を思い出し、自分の危機を遠くから聴き取って急いで駆けつけてくれた彼に、何ともいえない切ない気持ちを抱いた。

白原も獅旺の言葉にうなずく。

「僕も気をつけておくよ。副寮長として、大切なオメガ奨学生を守らなくちゃいけないからね」

さあ、もう部屋に入って休んでて、と白原に進められ、夕侑はふたりに挨拶をして中に入った。

ドアをしめると、廊下から急いで遠ざかる足音がする。きっと試合に戻っていったのだろう。全てを放り出して助けにきてくれた獅旺に、夕侑は心の動揺を鎮めることができなかった。

あの人が駆けつけたのは、寮長としての責任感から。

本人だってさっき、はっきりとそう告げた。だから寮の治安を守るために自分の仕事を全うした。ただそれだけのことだ。オメガ奨学生だったら誰であってもそうしただろう。わかっているのに。

感情が納得しない。

夕侑は机の上に飾ってあるサニーマンのストラップに目をやった。

危機に直面した夕侑を救いにきた獅旺は、かつて憧れたヒーローを思い起こさせる。

彼はサニーマンとは似ても似つかぬ外見だし、しかも大嫌いな獅子族だ。自分との立場だって違いすぎると納得したはずだ。

なのに。それなのに——。

揺れ動く心をどうしていいのかわからず、夕侑は扉にもたれたまま熱いため息をこぼした。

第三章

その夜、自室のユニットバスに浸かって一日の疲れを流した後、サニーマンのストラップを手にベッドに横になった。

小さな古ぼけた人形は、制服を着るときはいつもポケットに入れている。夕侑にとってこれはお守りのような存在になっていた。

「できればずっと、持っていたいんだけどな」

サニーマンは片手を腰にあて、もう一方の手はひたいにかざすようにしている。変身のときの決めポーズだ。幼いころ、夕侑もよくこのポーズの真似をした。

施設時代を思い出し、そのうち眠くなってトロトロとしていたら、机の上のスマホがかるい呼び出し音を鳴らした。

何だろうと、起きあがって取りにいくと、画面にメッセージの知らせが出ていた。

「あ、これは」

ベッドに戻り、腰かけながらトークアプリをひらく。そこには、夕侑の数少ない友人からの連絡があった。

『久しぶり。元気ですか』

と話しかけてきたのは、同じ中学出身の、轟という名の二つ上の先輩だった。何の用かと、すぐに返事を入力する。

『元気です。轟さんも元気ですか』

送信すれば数秒たたずに、笑顔の絵文字と共に文章がポップしてきた。

『僕も元気だよ』

添えられた明るいイラストに、思わず笑みがこぼれる。

轟は犬族のベータで、夕侑の死んだ友人が所属していた部活の先輩だった。彼とは、友人を亡くした後もつきあいが続いている。

『実は、今度の日曜に、夕侑くんの学園の近くの富士遊園地で、僕の所属する劇団の仲間と一緒にサニーマンのショーをすることになったんだ。よかったら見にこないかなと思って。こられるようなら案内のパンフレットを送るよ』

突然の誘いに、夕侑は嬉しくなって急いで返事を打ちこんだ。

『本当ですか！　会えるのは久しぶりですね。ぜひ、いかせてください！』

轟は現在、学校を中退して、役者を目指して修行をしている。遊園地のヒーローショーも、アルバイトで引き受けたものなのだろう。夕侑もこの学園に入学する前に、数回彼のショーを観にいったことがあった。

『きてくれるなら僕も嬉しいよ。じゃあ、詳細は後日、また知らせる。楽しみにしてるからね』

と、犬のスタンプと共に返事がくる。夕侑もそれに『ありがとうございます』と礼のスタンプを返した。

ベッドから立ちあがり、神永の部屋との境にあるドアへと向かう。半分だけあけてあるドアをノックして「先生」と声をかけた。

「うん、何だい？」

「あの、ちょっといいですか」

「いいよ。入っておいで」

許しをもらって中に入ると、神永は机に向かって書きものをしていた。

「相談があるんですけれど」

「うん」

椅子を勧められたので、神永の前に腰かける。

実は、と切り出して週末の外出について相談した。

話を聞いた神永は難しい顔になって、「うーん」と唸り、腕を組み考えこんだ。

「きみをひとりでいかせるのは不安だなあ。発情期と重なっていないとはいえ、ここのところきみの発情サイクルはとても不安定になっているし、抑制剤も効きにくいときてる。誰かがつきそえればいいのだけれど、僕も週末は学会だ」

「……そうですか」

「一緒にいける人はいる？」

「いいえ」

夕侑は轟以外に仲のいい友人も、家族もいないので、気安くつきそいを頼める相手がいない。白原のことが頭に浮かんだが、万が一、発情したら彼に迷惑をかけると考えると、安易にお願いする気にはなれなかった。

「わかりました。じゃあ、今回の外出は諦めます」

「残念だけど、そのほうが安全だ。次の機会があれば、僕がついていってあげるよ」

「はい、ありがとうございます」

礼を言い、意気消沈して自分の部屋に戻る。

外出さえままならない不自由な身体が恨めしくて、その日は勉強もできずに、落ちこんだまま眠りについた。

＊　＊　＊

翌日の昼休み、夕侑は校舎の二階の廊下のすみで、窓枠に肘をついて轟に何とメッセージを送ろうかと悩んでいた。

せっかくの誘いに大喜びの返事をしておきながら、やっぱり無理です、と断りを入れるのがためらわれる。

きっと彼はがっかりするだろう。久しぶりの外出が許可されなくて、憂鬱な気持ちで窓から空を眺めた。

ため息をつきながら、ポケットのスマホを取り出そうとしたら指先に小さなものがあたる。それはいつも持ち歩いているサニーマンのストラップだった。

夕侑はストラップだけを取り出して、太陽にかざしてみた。

――サニーマン、サニーマン。

幼いころは、彼に助けを求めたものだったけれど。

紐を指にはさみ、古ぼけたヒーローをユラユラと揺らして思案していたら、指先がすべってスルリとストラップを窓の外に落としてしまった。

「――あ」

小さなヒーローが、茂みに囲まれた花壇に消えていく。

「しまった」

夕侑は焦って窓から身を乗り出した。自分の持ちものではないのに、なくしてしまったら大変だ。目をこらして探してみるが、小さな人形の姿はどこにも見あたらない。

「まずい」

急いで窓から離れ、廊下を走って階段を駆けおりて、外履きにはきかえ校庭に向かった。ツツジやツバキに囲まれた一画へ向かい、低い木々をかきわけて花壇のほうへと進んでいく。たしかこのあたりに落ちたはずと、探しながら窓の下へと向かうと、そこには思いがけない人物が立っていた。

「……」

手に何かを握りしめ、花壇の脇に佇んでいたのは、獅旺だった。

「……え？　なんで……」

近よっていけば、夕侑の立てた物音に、つと顔をあげてくる。

「どうして」

彼がここに。

その問いに答えるように、獅旺が言った。

「お前が、二階の窓から、ストラップを落とすのを見ていたから」

「え……？　……見て、た？」

「昼休みは、いつもあそこでぼんやりしているだろ」

夕侑はビックリした。たしかに食堂で昼食をとった後、教室に戻る気になれなくて、廊下のすみで外を眺めていることが多かった。

それを、この人は知っていたのか。

「学食から教室に戻る途中の渡り廊下から、あの窓はよく見えるんだ」

獅旺は遠くにある渡り廊下を顎で示した。

「あんな遠いところから？」

建物をむすぶ壁のない廊下は、ずいぶん離れたところにある。夕侑の目では人物の影しか確認できない。けれど獅子の目なら表情さえも読み取れるのだろう。

驚く夕侑に、獅旺は手を差し出してきた。その手のひらにはサニーマンのストラップがのっている。

少し離れた場所から、夕侑は小さな人形を見つめた。近づくことはせず、かわりに別のことを言う。

「……それ、獅旺さんのですよね……？」

顎を引いて、俯きがちに告げると、獅旺が眉をよせた。

「だって、あなたの、匂いが、ついていたから……」

そうだ。夕侑は最初からわかっていた。このサニーマンには、獅旺のアルファフェロモンがしみこんでいた。

夕侑の言葉に、獅旺が目をみはる。

「俺のものだとわかっていたのか」

「ええ」

「なのに、捨てずに持っていた？」

「……はい」

「嫌じゃなかったのか」

相手が大きな声をあげたので、夕侑は少し身をひいた。

「だって、大好きな、サニーマンの、ストラップだったから」

それだけが理由ではなかったけれど、言い訳のように口にする。

「サニーマンは僕にとって、とても特別なヒーローなんです。だから、捨てることなんてできなかった」

お守りみたいに、いつも身に着けていた。子供のときに捨てられたサニーマンが、戻ってきてくれたようで。

昔から大好きだったキャラは、しかしいつの間にか別の人物に似てきていた。手放せなかった本当の理由はそれだった。

「……けど、それをあなたが、匂いがつくほど大切に持っていたのなら、あなたにとっても意味のある存在だったんじゃないのですか。なのになぜ、簡単に捨てるようなまねを……」

「捨てたわけじゃない」

「でも自分のものじゃないって、嘘を」

責めるつもりはなかったが、つい言ってしまう。

夕侑の問いに、獅旺はため息をついた。

「……まいったな」

栗色の髪をかきあげて、困った顔をする。嘘がバレてしまい、観念したといった様子だった。

「そうだ。たしかに、自分のものじゃないと嘘をついた」

広い肩をすくめて口を尖らせる。らしくない子供っぽい仕草だった。

「探していたストラップを、お前にいきなり差し出されて、驚いたんだ。まさかお前が拾っていたとは思わなかったから。あのときは、誰かに見つかる前に探し出そうと急いでたし」

「持っていることを人に知られたくなかったんですか」

獅旺はスラックスのポケットに片手を突っこんで、少し拗ねたようにして答えた。

「サニーマンは子供向けのキャラだし、いい年してこんな古いストラップを後生大事に持ってることは隠しておきたかったんだ。白原なんかに知られたら、それだけでいじられそうだったし」

「……」

「お前にも同じように思われるかも知れないと焦った。だから誤魔化した」

憮然とした顔で釈明するが、照れくさがっているようにも見える。そんな表情を見るのは初めてで、夕侑は見間違いかと目を瞬かせた。

獅旺が手のひらのストラップに視線を落とす。そうして過去を辿るようにして話した。

「……この人形は、俺の子供のころの宝物だったんだ」

サニーマンに語りかけるような言い方は穏やかだった。口のはしがわずかにあがり、魅力的な微笑みが浮かぶ。夕侑はその姿から目が離せなくなった。

「……あの」

そっと相手に呼びかける。すると、獅旺が視線をあげてきた。

「あの、今度の日曜日。富士遊園地で、サニーマンのショーがあります。よかったら、観にいってください。僕の、友人が出ます」

いきなり話題を変えた夕侑を、不思議そうに見返してくる。

獅旺がサニーマンを好きだと認めたことで、夕侑の口は勝手に喋り出していた。

「ショーを観たことありますか？　すごく、恰好いいんですよ。まるで本物のサニーマンが現れたみたいで」

「サニーマンのショー？」

「ええ」

「遊園地で？」

「はい」

「お前もいくのか」

「いえ。僕はいけません。発情しちゃうと周囲に迷惑をかけてしまうので。神永先生にも、つきそいがないとダメだと言われました」

夕侑の提案に、獅旺はしばらく返事をしなかった。何かを思案するように、黙ったままこちらを見つめてくる。

やがて口をひらくと思いがけないことを言った。

「遊園地には、いったことがない」

「えっ」

「そういう遊び場は、ヒマな庶民がいく場所だと教えられたから」

「……そ、そうなのですか」

夕侑にとっては、入園料さえ高価な遊び場だったのだが。

「なので、どういう所なのか、よく知らない」

「……」

「だから、お前が、一緒にきて案内するんだ」

言われて、夕侑は目を見ひらいた。

＊　＊　＊

その週の日曜日は、秋晴れのよい天気となった。

雲ひとつない絶好の行楽日和に、嬉しくなった夕侑は朝からソワソワと服装や持ち物の準備をした。抑制剤も忘れずデイパックに入れる。服はたいしたものを持っていなかったが、それでも一番いいものを出してきて着た。

英字のロゴの入った紺色のトレーナーに、下は生成りのコットンパンツ。それにお気に入りのスニーカーをあわせる予定だ。

鏡の前で髪を整えていたら、部屋のインターホンが鳴った。

「はい」

「準備ができていたらいくぞ」

「はい」

答える声も、自然と明るくなる。ドアをあけるとそこには、私服姿の獅旺が立っていた。

今日の彼は、白無地の長袖シャツに黒のデニムパンツ、それに薄手の紺色パーカーという恰好だ。一見普通だが、上質なものを身に着けているのは夕侑にもわかる。そして顔立ちの派手な彼に、シンプルな装いはとても似合っていた。

「出かける前に、ひとつ確認しておきたいことがある」

「はい」

鍵をかける夕侑に、獅旺が一歩さがってきいてくる。

「大谷は、どれくらいまでなら、俺と近づいても大丈夫なんだ?」

「えっ」

「今日はずっと一緒にいるだろう。だから接近可能な距離を把握しておきたい」

「……」

獅旺は一メートルほど離れた場所から、こちらを眺めてきた。夕侑は少し考えて、それから正直に答えた。

「えっと、多分……身体が触れあわなければ、大丈夫だと思います」

「それでいいのか?」

ちょっと意外だという顔をする。

「はい、……あの、少し、慣れてきてるみたいなので」

最初のころに感じた怖さは、だいぶ薄れてきている。もちろん、まったく大丈夫というわけではなかったが。

「そうか」

夕侑の答えに、獅旺は口元をあげて嬉しそうな顔をした。

「わかった。じゃあ、いくか。正面玄関に車を待たせてる」

「えっ？　車をですか」

てっきり電車とバスで移動するものだとばかり思っていたので驚く。

「ああ、うちの運転手をよこした。その方が早いし、何かあったときに便利だ」

もしかしたら、夕侑の体調を考えて手配してくれたのだろうか。

「すみません、ありがとうございます」

「礼なんていらない。連れていけと言ったのは俺だから」

けれどわざわざ車の手配までしてもらったのだ。そういう贅沢に慣れていない夕侑は、少し申し訳なく感じてしまった。それが顔に出たのか、獅旺が夕侑を見ながら言う。

「気にするな。お前は今日一日、俺のガイドに専念していればいい」

上からな物言いだけど、そこには優しさも含まれているようで、夕侑は胸が温かくなった。

「はい」

素直な返事に、獅旺も満足げにうなずく。

ふたりで寮を出ると、正門前に大きな黒塗りの外国車がとまっていた。街で走っているのを見かけたことはあるが、乗ったことはない高級車だ。

「おはようございます。獅旺様」

「ああ」

五十代とみられる運転手が後部ドアをあけてくれた。

「今日はよろしくお願いします」

夕侑は運転手に挨拶をしてから乗りこんで、獅旺と隣同士に座った。

車が出発すると、獅旺はスマホで富士遊園地を調べて、あれこれと夕侑に質問してきた。どうやら本当に遊園地は初めてらしい。

「父親がゲームやアニメ、遊園地などの娯楽一切を、時間の無駄遣いだと馬鹿にしていたからな。その影響で、俺も遊びらしい遊びは子供のころからしたことがなかった」

「そうなのですか」

「それがあたり前だと思っていたから、さほど苦ではなかったけどな」

言いながらも、遊園地の画像を見る獅旺の目は興味深げだ。

「この学園の寮にきてから、やっと自由に趣味に手を出せるようになった」

「僕も、ゲームやアニメ、遊園地とも縁がない生活でした。もっとも僕の場合は、そんな余裕がなかったからですが」

ゲーム類は、クラスメイトが持っているのを、うらやましげに遠くから眺めるだけだった。

外の景色に目を移して、ふっと苦く笑うと、獅旺が顔をあげてこちらを見ているのに気がついた。

「あ。……すみません、こんな話してしまって」

「いや。そうだったのか」

自分には思いもよらない生活をしてきたのだと知って、いささか驚いているといった様子だった。

夕侑はせっかくの休日を暗くしたくはなくて、もうその話は打ち切りにし、自分もスマホを取り出して遊園地の乗り物について一緒に調べて話をした。

そうしているうちに、一時間ほどで車は目的地に到着した。

運転手は駐車場で待機するらしく、ふたりで車を降りて入り口に向かう。入場券売り場で一日券を買おうとしたら、獅旺が先に二枚買って手渡してきた。

「……え？　いいんですか」

「構わん」

「けど」

一日券は割と高価だ。ありがとうございますと、すんなりもらうのは気が引ける。夕侑だって、ほんのわずかだが自由になる小遣いはある。

デイパックから財布を取り出そうとしたら、獅旺がちょっと困り声で言ってきた。

「なんだ？　別にお前の境遇に同情したわけじゃないぞ。俺が誘ったんだから、俺が払うのが当然だと思っただけだ」

「けれど、それは獅旺さんの大切なお小遣いからでてるんですよね」

彼ほどの金持ちがどれくらいの小遣いを親からもらっているのかは知らないが、自分のために減らさせるのは申し訳ない。

すると、獅旺はますます眉間に皺をよせて言った。

「これは親からもらった小遣いじゃない。俺が稼いだ金だ」

「えっ」

アルバイトでもしているのだろうか。生徒会と寮長の仕事でずいぶんと忙しいと思っていたのだが。

「株やその他の投資でいくらか貯めている。だから親の金じゃない」

「ええ……。そうなんですか」

夕侑は、学生とは思えない小遣いの増やし方に驚いた。

「別に珍しくもない。学園の高位獣人の中には、同じように自分の得意分野を生かして小遣い稼ぎをしている奴がいる。ソフトを開発したり特許を取ったりしてな」

「……はぁ」

アルファ獣人が、頭脳や体力の面で優秀なのはわかっていたが、夕侑たちオメガやベータとはアルバイトもレベルが違うらしい。

「だからその入場券は、お前の今日のバイト代だとでも思っておけばいい」

そう言うと、夕侑を入場ゲートまで促した。

俺様なのに妙に紳士的なふるまいに、夕侑はいつもの威圧感を覚えることもなく、それ以上に何だかペースを狂わされて戸惑うしかなかった。

ゲートを通って園内に入れば、そこには夢の空間が広がっている。日曜日の遊園地は、たくさんの子供連れやカップルでにぎわっていた。

晴れわたった秋空に向かって揺れる風船、明るくてポップな音楽、カラフルな乗り物たち。

獅旺は首をめぐらせ、それらを物珍しげに眺めた。

「ショーの開始までまだ時間があるな。試しに何か乗るか」

「はい」

離れたところで、ジェットコースターが音を立てて走っている。高い場所から車体が高速で滑り落ちると、歓声と嬌声がここまで聞こえてきた。

「あれがいい」

目を輝かせて言う獅旺に、夕侑も思わず微笑んだ。

「はい」

そうして、まずふたりでジェットコースターに乗った。急速回転しながら走る乗り物に、夕侑は一回で目を回してしまったのだが、獅旺は気に入ったらしく連続で三回も乗りこんだ。

その次はフリーフォール。そしてパイレーツ。獅旺はスリルのある乗り物が好きらしく、そればかりを選んでいく。何度乗ってもケロリとしている彼に、つきそう夕侑の方は数回でヘトヘトになってしまった。

「あれも乗ろう」

大型の船が、グルングルンと三百六十度旋回しているアトラクションを指さされて、さすがに顔を青くした。

「……あの、獅旺さん。僕、ちょっと休憩しているので、どうぞ、おひとりで乗ってきてください」

獣人の体力についていけずお願いすると、獅旺はやっと夕侑の体調に気がついたようだった。

「どうした？　もう疲れたのか？」

「少し……。三半規管がパニックになりかけてて」

せっかくの楽しい時間に水をさしたくなくて、冗談めかして言う。そんな夕侑を、獅旺はじっと観察してきた。

「そうか。なら、少し休憩しよう」

と提案を変える。

「ヒトというのは、俺たちよりも弱い生き物だということを忘れていた」

夕侑の顔色がよくないのを確認して、少し反省するように呟いた。

優しい気遣いに胸が波打つ。そこから温かな感情の波紋が広がっていった。

横を見あげれば、精悍な獅子の化身が、自分を守るように立っている。夕侑は気持ちが昂揚するのをおさえることができなくなった。

いつもの威圧感が、今は頼りがいのある信頼へと形を変えている。そうすると、獅旺に芽生えていた恋心が、自然に育っていってしまう。

心臓がトクトクと鼓動を早め、目元がうっすらと熱くなった。

「すみません」

「いい。俺もちょうど喉がかわいた。あそこで休もう」

こちらの変化に気づいていない獅旺が、少し離れた場所にある売店を指差す。

「はい」

夕侑は、はにかみながら返事をして彼と一緒にそちらに向かった。

カラフルな屋根に可愛いのぼりがいくつも立った店には、美味しそうな飲みものがたくさんメニューの写真に並んでいる。女の子たちがアイスやシェイクを片手に、一心にスマホで写真を撮っていた。

店の周囲を眺めていた夕侑は、イーゼルに飾られたメニューにふと目をとめた。生クリームがたっぷり絞られたシェイクに、クッキーやフルーツが刺さっている。これは飲み物なのかお菓子なのか、わからないけれどすごく惹かれる。

「それがいいのか?」

横から聞かれて、夕侑は思わずコクリとうなずいた。

「じゃあ、ここで待ってろ。買ってくる」

「えっ」

「俺のおごりだ」

獅旺は夕侑に口を挟ませず、さっさと注文をすませてしまった。

できあがったシェイクを受け取った夕侑は、初めて手にする不思議な飲みものに目をみはった。

「ありがとうございます」

「ああ」

空いているベンチを見つけてふたりで座る。わくわくしながら、太いストローを使って、そっと生クリームをすくった。

「これ、美味しいですね」

花の形をしたクッキーがのったシェイクはチョコ味で、甘くてほろ苦い。

「そうか。思ったほど甘くないな」

獅旺のシェイクは抹茶味だ。

「お前のも、ちょっと飲ませてみろ」

「えっ」

獅旺はそう言って、夕侑のカップと自分のカップを勝手に交換した。

「こっちのほうが美味いな」

チョコ味を飲みながらうなずく。

さっきまで自分が使っていたストローに、平気な顔で口をつける獅旺に、夕侑はドキドキした。

彼とはもうキスもしていたし、それ以上のこともしているから気にする必要などないはずなのに、心臓がせわしなく跳ねるのをおさえることができない。

夕侑は俯いて、獅旺の抹茶味に口をつけた。

「僕はこちらのほうが美味しいです」

どちらも美味しいが、抹茶のほうが香りがいい。

「そうか。ならお前は、そっちを飲んどけ」

獅旺は夕侑の飲んでいたストローに犬歯を立てながら言った。

「大谷は甘いものが好きなのか」

「はい。大好きです」

食べるのがもったいなくなるほど愛らしいクッキーをつまんで答える。

「施設では甘いお菓子や、特にフルーツは高級品で。だから食事にフルーツデザートが出るとすごく嬉しかったんです。そのせいか、今でもこういう系統のデザートを見ると、つい欲しくなって」

「そういえば、寮の食事でも、いつも果物やゼリーを取ってるな」

「学園の食堂は、デザートも豊富で嬉しいです」

「へえ。そんなもんか」

そうして自分の生クリームにのっていたクッキーやカットメロンを夕侑のカップに刺してくる。

「お前はもっとカロリーを取らないとな。ほら、これも食べろ」

「……」

まるでデート中の恋人のような気さくなやり取りに胸がときめく。こんな時間をこの人とすごすことになるなんて、思ってもみなかった。

獅旺の表情も、いつもより穏やかだ。少し癖のある栗色の髪に、彫りの深い顔立ち。それが今日は一段と甘い魅力を増している。夕侑は見とれそうになってそっと目をそらした。

シェイクを飲んでしばらく休憩した後、また彼が興味を示したアトラクションに片っぱしから参加していくことにする。

「あれを試してみたい」

歩きながら獅旺が指差したのは、コースを走るゴーカートだった。

「あれ、車だろ。面白そうだ」

楽しそうに乗り場に向かう彼についていきながら、こちらも自然と笑顔になる。ゴーカートはひとり乗りとふたり乗りがあったので、ふたり乗りを選んで一緒に乗りこんだ。

「アクセルとブレーキだけなんだな。クラッチはなしか」

足元を見ながら獅旺が操作方法を確認する。

「シートベルトをしめてくださいね」

「ああ、わかってる」

レース用のスタート合図がかかると、獅旺は並んだ数台のカートの中から一番に飛び出した。

「——ちょっ……」

驚く間もなく、マックスのスピードでコースを疾走していく。夕侑は目をまん丸にしてシートベルトにしがみついた。

「し、しお、獅旺さ……」

カーブでは車体がふわりと横に浮きあがり、顔から血の気が引く。

けれど運転する本人は、ものすごく楽しそうな顔をしていた。

「あまりスピードは出ないが、なかなかいいな」

ジェットコースターも怖かったが、こちらも負けないほど怖い。

風を切る速さに息もできなくて、固まった状態で数分をすごしてスタート地点に戻ってきたとき、夕侑は魂が抜けたようになっていた。

「もう一回いこう」

外に出ると、獅旺がゴーカート乗り場の入り口を指さす。

にこやかな笑顔に、こちらの口元は引きつった。

「……あ、あの、獅旺さん、今度は、ひとり乗りのほうがいいですよ。そっちのほうがもっとスピード出せますから」

「そうか」

「僕は観戦してますから、いってきてください」

さあどうぞ、と送り出せば、獅旺はゴーカートに魅了されたのか「わかった」と言ってひとりで乗り場に向かった。

夕侑はコースを囲む柵にもたれて、獅旺の運転を見物することにした。

小型のレーシングカーといった見た目のカートが、遠くから近づいてくる。獅旺はやっぱり一番のりで、嬉々とした表情でハンドルを握っていた。手を振ると、相手も手をあげて通りすぎていく。

結局獅旺はそれから五回もゴーカートを楽しんだ。

「あの車はいいな。うちにも数台買ってコースを作ろう」

乗り場から離れながら、まだ運転したそうな顔で言う。

「コースを作るんですか」

スケールが大きすぎてついていけない。

「土地はあるからな」

「はあ」

「お、次はあれだ。あれも試そう」

休む暇なく獅旺が向かったのは、怖い人形が飾られたアトラクションだった。

「これは何だ？　『壊れかけたトロッコで、幽霊のすむ夜の村を走り抜けましょう』だと？」

看板を見ながら獅旺が首をひねる。

「お化け屋敷みたいなものですね」

「ふうん。『襲いかかる亡霊たちから、あなたは逃げ切れるか』挑戦的な文句だな。よし乗ってみよう」

「え。乗るんですか」

夕侑はお化け屋敷は苦手だ。ジェットコースターよりも怖いかも知れない。

「ああ。面白そうだ。いくぞ」

「……わかりました」

けれど、誘われて断ることもできずに、一緒に入り口をくぐった。

真っ暗な建物に入れば、中からは不気味な笑い声や悲鳴が聞こえてくる。思わず身をすくませた。

「こちらに乗ってくださいね」

案内係に誘導されて、ふたりがけの古びたトロッコに乗りこむ。このトロッコは自動的に進んでいく仕かけらしく、夕侑はシートベルトをしめて、薄暗いセットを警戒しながら見渡した。

「何が出てくるか楽しみだな」

隣の獅旺は平然としている。金茶色の目を光らせて不敵に笑う彼は、幽霊なんてまったく怖がっていない様子だった。

グロテスクな悪魔が頭上から出発を告げて、トロッコがガタゴトと動き出す。緊張しつつ、どうかあまり怖い幽霊は出ませんようにと祈っていると、獅旺の横から亡霊人形が両手をあげながら「ギャーッ」と叫んできた。

「うお」

さすがの獅旺も驚いたのか、身を跳ねさせる。

「びっくりさせんな」

けれどすぐ冷静な顔になった。幽霊は声だけ出して、サッと引っこんで消えた。すると獅旺はこちらを向いてたずねてきた。

「大谷、あれ、殴っていいのか？」

「ええっ」

拳を構える姿に、慌てて注意する。

「いけませんよ。殴ったりしたら怒られます。獅旺さんの腕力だと壊れてしまいますよ」

「じゃあなんだ、脅かされっぱなしでいなきゃならないのか？」

「これはビックリするのを楽しむ乗りものですから」

夕侑の説明に、納得のいかない顔をする。

「倒せないんだったら楽しくないだろ。変なアトラクションだな」

話していたら、今度は夕侑の横から幽霊が襲いかかってきた。ドライアイスも噴射され、驚愕した夕侑は勢い余って獅旺の胸にしがみついてしまった。

「ひいっ」

服を掴むと、獅旺が肩に手を回してくる。

「ただの人形だ。怖れるな」

幽霊が消えると、夕侑も我に返った。

「——あっ、す、すみません」

相手からぱっと身を離せば、大きな手も肩から離れる。夕侑は暗闇で顔を赤くした。あんなに獅旺を怖がっていたのに、自分から抱きついていくなんて。

「いや。構わないが」

獅旺は何事もなかったかのように、落ち着いた様子でシートベルトをかけ直した。

「なるほど。ビックリするのを楽しむ乗りものか」

ボソリと呟いて口角をあげる。夕侑は冷や汗をかきながら顔を伏せた。

取り乱した姿を見せてしまい恥ずかしかったが、それ以上に、獅旺がとっさに守ってくれたことが嬉しくて気持ちが昂ぶる。

自分とはまったく違う力強い手に、逞しい胸。バクバクいう心臓は、アトラクションのせいだけではなかった。

残りのルートでも夕侑だけが散々驚かされ、最後には腰砕けになった状態で建物から出る。しかし横に立つ獅旺のほうはそれなりに楽しんだようで、満足げな表情をしていた。

「大丈夫か?」

「はい。でも、さすがにこのアトラクションはもう結構です……」

「じゃあ、一回でやめておこうか」

時計を見れば、十二時をすぎている。轟との約束の時間は午後一時半だったので、そろそろ昼食をとって休むことにした。

売店が並ぶオープンスペースに移動して、テーブルを確保する。夕侑はホットドッグとコーラを買って、獅旺はそれにハンバーガーをふたつ足したメニューで席に着いた。

「遊園地は面白いところだな」

獅旺があっという間にハンバーガーを平らげて言う。

「もっと早く知りたかった」

ふたりの周囲では、家族連れやカップルが食事を楽しんでいる。遠くではメリーゴーランドが、明るいオルゴールを鳴らしながらグルグル回っていた。

穏やかで平和な風景を眺めながら獅旺が目を細める。その横顔はいつもと違い、どこか淋しげでもあった。

そんな姿を見ながら、夕侑はふと、この人はどんな子供時代を送ってきたのだろうと考えた。

恵まれた暮らしをしていたようだけど、時折話す内容から、厳しい親の元で精神的には不自由な生活を強いられていたようでもあった。

獅子族アルファの御曹司として、勉強もスポーツも学園内での責任ある仕事も、悠々とこなしているように見えるけれど、もしかして心のうちには、他人には窺い知れない苦悩があるのかも知れない。

いつもは威圧感があって近よりがたい人だが、自分もオメガ用養護施設で苦労してきたせいか、こんな表情を見せられると親しみを覚えてしまう。

獅旺にこれ以上、心を近づけるつもりはないのに。

夕侑は、自分の人生のすべてを、仲間のオメガのために使おうと決めている。

三年前に遭遇したあの不幸な事件が、自分の生き方と考え方を決定づけている。強い決心は、たとえ運命の番だって覆すことはできない。

けれど、今日、ここにこの人とくることができてよかったとは思う。

予想外に楽しい思い出ができた。それだけで十分だった。

「もうそろそろショーの時間だな」

獅旺がスマホで時間を確認する。

「そうですね。じゃあ、向かいましょうか」

食べ終えたトレーを片づけて、ショーが開催される広場をパンフレットを見ながら探した。

「まだ乗っていないアトラクションがいくつもあるな」

横から獅旺がパンフレットを覗きこんでくる。

「一日では回りきれませんね」

富士遊園地はとても広い。温水プールや動物園も併設されていた。

「だから、またこよう」

「えっ」

ごく自然に誘われて驚く。

「全部攻略したい。そうしないと気がすまない」

夕侑は呆気にとられて隣の人を見返した。

「僕じゃなくて、他のお友達ときたほうがいいんじゃないですか。同じ獣人のほうが体力もあるでしょうし。同級生の白原さんとか」

すると獅旺がちょっと顔をしかめる。

「あいつに、はしゃぐところは見られたくない。きっとからかってくるだろうから。意外に子供っぽいところがあるとか、いつもと違いすぎるとか」

「じゃあ、僕に見られるのはいいのですか？」

「そうだな。お前はそんなこと言わないだろ」

「……」

「だから、また遊びにこよう」

信頼をこめた瞳を向けられて、断ることができなくなる。

「……はい。わかりました」

嬉しくなって、ついそう答えていた。次があるかどうかは、わからなかったけれど。

夕侑は弾んでしまう心をそっと押し隠して、遊園地の真ん中にある野外広場へと歩いていった。

「こちらです」

広いショースペースには、大きな舞台と、その前に百人ほどが座れるベンチがおかれていた。小さな子供を連れた家族連れが、あたりにちらほら集まり始めている。

舞台の裏手に回ると、奥に板塀にかこまれた一画があった。入り口にはカーテンがかかり、スタッフらしき人が立っている。その人に轟の名前を伝えると、スタッフが中に入って彼の名を呼んだ。

ほどなくしてカーテンの奥から大柄な男が出てくる。

ジャージ姿で頭にはタオルを巻いた、数か月ぶりに会う轟だった。

「やあ、夕侑くん。久しぶりだね。元気そうだ」

彼が笑顔で歓迎してくれたので、夕侑も微笑みながら挨拶をした。

「こんにちは轟さん。今日は誘ってくれてありがとうございます」

轟は犬族べータなのに、熊のような風貌をしている。若いのにあご髭を生やし横幅も大きい。その髭面をニコニコと嬉しそうに崩して、夕侑の頭をなでてきた。

「相変わらず華奢だなあ。ちゃんと食べてるか」

「はい。食べてます」

「そうかそうか。ショーは三十分後だ。客席でゆっくり観てってくれよな」

「轟さんは、また悪の帝王役ですか」

「おう。あれは俺にしかできないからな」

と言って、ガタイのいい身体を揺らす。

轟の目が夕侑の後ろに立つ獅旺に注がれたので、夕侑は彼を紹介した。

「あの、僕の学園の、先輩の、御木本さんです」

「やあ、はじめまして。夕侑くんの友達の轟です」

「はじめまして。御木本です」

快活に自己紹介をする轟に、獅旺は大人びた礼儀正しい挨拶を返した。しかしその目はなぜか挑戦的だ。轟は獅旺の眼差しにちょっと笑顔を固めた。

「……まあ、友人ができたのならよかったよ。学園生活は楽しそうだな」

轟が夕侑に目を移して、優しく微笑む。瞳には多大な労りがこめられていた。夕侑も同じように笑みを返す。

轟は、死んだ友人の恋人だった。

ベータとオメガというイレギュラーな組みあわせだったが、当時、中学生だったふたりはバース性にとらわれない純粋なつきあいをしていた。事件の後、苦しんで嘆いていた夕侑をはげましてくれたのも轟だった。

「おい、轟、そろそろ衣装を着ろよ」

ショーの責任者らしき人に言われて、轟が返事をする。

「わかりました。すぐいきます」

「じゃあ、頑張ってくださいね。また後できます」

夕侑が手を振って、獅旺と一緒にその場を離れようとしたそのとき、スタッフと思われる男が、血相を変えて横を走り抜けていった。

「大変だっ」

カーテンをあけると、中に向かって大声で叫ぶ。

「い、今、サニーマン役から電話があって、ここにくる途中、バイクで、こけちゃったって」

「えっ」

「ええっ」

ひかえ室にいた全員が大きな声をあげた。

「足を骨折しちまって、今は病院で、会場までくるのは無理だって言っている」

「何だって」

主役をつとめる俳優の突然の事故に、場が騒然となる。

「まじかよ」

「お、おい、どうする？　彼の代役なんていないぞ」

「轟、お前が出るか」

「こんなデブのサニーマンなんていませんよ。てか、俺が出たら悪役はどうするんですか」

「誰かその辺に、サニーマンができそうな、背が高くてスタイルのいい人間はいないのか。時間がないぞっ」

右往左往するスタッフのひとりが、ふと、そこにいた獅旺に目をとめる。

ひとりが彼を見れば、自然と視線が集まる。

獅旺は、自分に集中する眼差しに、けげんそうに眉をよせた。

＊　＊　＊

サニーマンショーは午後に二回、上演予定だった。合間には、写真撮影と握手会。

主役不在で、ショーは失敗するかも知れないとスタッフらは狼狽えたのだが、予想に反して出し物はすべて大盛況となった。そして、急遽立てられた代役のサニーマンは、子供たちに大人気となった。

それを夕侑は、始終呆気に取られて眺めていた。

まるでサニーマンそのものが現れたかのような雄姿を見せていたのは、まったく予想していなかったことに、獅旺であった。

『あの、きみ。よかったら、舞台に、その、立っててくれるだけでいいから後は僕らが動くから、出てくれないかな』

あの後、大慌ての責任者に懇願されて、獅旺は『わかりました』と即決した。

驚くべきことに、彼は短時間でショーの流れを把握し、戦闘シーンの動きを学び、そうしてショーは無事に開催されたのだった。

「ありがとう。本当に、ありがとう」

すべてが終了して楽屋に戻ると、責任者は涙を流さんばかりに喜んで獅旺に礼を言った。轟やほかの演者も彼を取り囲み、何度も感謝の言葉をかけた。

「すごく恰好よかったよ。うちのサニーマンよりずっとキマってた」

「無事に終えられたのもきみのおかげだよ」

「いえ。お役に立ててよかったです」

獅旺がいつも通りの余裕の微笑みでそれに応える。

責任者が差し出した謝礼の袋を丁寧に辞退して、皆に挨拶をして、獅旺は夕侑と共にひかえ室を後にした。轟やスタッフらに見送られながら、ショーの会場を離れる。

空はもう夕暮れで、ふたりは公園になっている一画のベンチに座り、轟からもらったペットボトルのジュースをあけながら一息ついた。

「……」

獅旺の顔に疲れはなく、けれど少しぼんやりとしている。まだ夢の中から戻れていないといった様子だ。

「今日は、ありがとうございました」

夕侑はその横顔に、心からの礼を言った。

「……いや」

獅旺は、帰り支度を始めている客らを眺めながら、ぽつりと呟いた。

「俺こそ、お前に礼を言わないと。こんな貴重な経験、めったにできるもんじゃないから」

そしてジュースに口をつける。

ずっとマスクをかぶっていたせいで、獅旺の髪は寝癖のように乱れていた。いつもはきれいに整えられている栗色の髪が自由にはねているのは、今日一日、人のためにつくした証しのようで、夕侑はその姿に見とれた。

獅旺は恰好よかった。ものすごく。

「あんなに短い時間で、サニーマンの動きを習得するなんて、さすがです」

感動しながら言うと、獅旺は「いや」と答えた。

「サニーマンの動きは全部、覚えてるから」

「そうなのですか」

好きだとは聞いていたが、ファンをこえてマニアの領域になっているのか。

夕侑が憧れの眼差しで見つめると、獅旺はこちらをチラと見て、髪をかきあげた。

「お前も、子供のころからサニーマンが好きだったんだろう」

照れ隠しのように、話題を夕侑に移してくる。

「はい。すごく好きでした」

夕侑は手にしていたペットボトルに視線を落として言った。

「施設では、テレビは食堂に一台しかなかったから、放送時間は皆でテレビの前に座って観てました。年上の子が、他の番組を観たいとチャンネルを変えてしまうと、小さい子はみんな泣いてしまって大変でした」

当時のことを思い出しながら、微笑みつつ話す。

「一台しかなかった?」

獅旺が驚いた。

「はい」

「録画は?」

「古いテレビだったので、録画機能が壊れてて……。養護施設はどこもお金がないから仕方ないのですが」

「そうなのか」

夕侑の説明に、獅旺は何とも言えない複雑な表情になった。

「俺の家には、テレビやディスプレイは十何台とあったがな」

「すごいですね。うらやましいです」

単純にうらやむ気持ちだけで答えたのだが、獅旺の顔には苦い笑みが浮かんだ。

「けれど、何台あろうが、親も家庭教師も子供向けアニメなど一度も観せてはくれなかったが」

「え……」

獅旺が視線を前に戻して、客の少なくなったメリーゴーランドを遠目に見る。

そうして何かを思い出すようにしながら、ぽつぽつと話し始めた。

「俺は、生まれたときから御木本グループのひとり息子として、専制君主みたいな厳しい親のもと、一日中大人数の家庭教師に、帝王学から礼儀作法、一般教養までうんざりするほど学ばされてきたんだ。自由な時間は寝るときぐらいで、後はすべて管理されていた」

自分の幼少期をうち明け始めた獅旺に、夕侑も目をみはる。

「そんな生活を続けていたとき、自宅の敷地内にある庭師の家に、用事があっていったんだ。あれはたしか八歳だったかな。庭師の家の居間ではちょうどテレビがついていて、そこで初めてサニーマンを見たんだ」

獅旺は口のはしをほんの少し持ちあげて笑った。

「それまでテレビアニメや漫画なんか、見たこともなかったから、ものすごく衝撃的だった。何ていうか、自分の中に整然と並んでいたものが、一気にバーンと壊されたような感覚だった」

まるで子供に戻ったかのような感情表現をする。

「サニーマンの活躍と、勧善懲悪のストーリーに引きこまれて、あっという間に夢中になった。それから、サニーマンは俺の大好きなヒーローになった。毎週庭師に頼んで録画してもらい、夜中に彼の家に忍んでいっては観せてもらってた。あの時間だけは、俺にとって天国だったな」

昔を懐かしむようにして言う。

「ストラップは、庭師がこっそりくれたものなんだ。だから俺にとっては宝物なんだよ」

そうして獅旺は、少年のように笑った。

——ああ、この人は、こんな笑い方をするんだ。

夕侑はその屈託のない笑みに、胸をときめかせた。

この人の、何の含みもないただ嬉しいだけの笑顔は、こんなに素直であけっ広げなんだ。

傾き始めた太陽が、色を濃くした光をふたりに投げかけている。獅旺の髪が黄金色を帯びて輝き、金茶の瞳は琥珀のように虹彩が透けて見えた。

「大谷」

不意に名前を呼ばれて、「はい」と返事をする。

「今度、長野にある俺の別荘にこいよ」

「え」

「そこは祖父から俺がゆずり受けた建物なんだが、地下にすごいものが作ってあるんだ」

「すごいもの？」

夕侑が目を瞬かせると、獅旺がニヤッと笑った。

「俺の将来の夢は、日本で初めての、本物の実在するヒーローになることだ。知ってるか？　サニーマンは、変身前は金持ちの若社長なんだ。彼は昼間は社会人として働き、危機が起こると変身して問題解決に向かうんだ。俺も、いつか同じようになってやる」

「……」

呆気に取られた夕侑に、獅旺は誇らしげに言った。

「地下にそのためのラボを作っている。サニーマンも、自分の立派な屋敷の地下に研究室を持ってただろ？　彼は縮退炉エネルギーをパワースーツの源に使っていたが、それは実用的じゃないから、俺はもっと別の方法を探している。武器やアイテムも、オリジナルなものを開発中だ。もちろん正義の味方だから法律に違反しないものを作らないといけないけどな」

子供の夢としか思えないような計画を嬉々として語る獅旺に、けれど夕侑は幻滅したりはしなかった。

Earth

むしろ、今までよりずっと親しみがわいて素敵だと思った。

「すごいですね」

「見てみたいか」

「ええ、見たいです」

「なら、ちょっと待て。俺がデザインしたスーツがたしかここにあったはず」

獅旺はスマホを取り出すと、指先で操作して夕侑に見せてきた。

「ほら、これだ」

そこにはさっきの舞台で使ったスーツによく似た服が写っている。

「これは試作品だ。まだ機能は何もついていないが」

「へえ……」

獅旺が画面をスライドさせる。すると次から次へと、腕につける金属パーツやヘルメット、盾らしき装備が出てきた。

「すごい、これ、全部獅旺さんが?」

「ああ。知りあいの大学教授で、こういったものの研究が好きな人がいて、アドバイスをもらいながら作ってるんだ。ほら、こっちはジェット噴射機能だ」

広い庭のような場所で、獅旺がリュックサック型の機械を背負い、空気を噴射させて二メートルほど上空を旋回する動画を見せてもらう。

「本当に空を飛んでる！　すごい。すごいですっ！」

興奮して声をあげると、獅旺も嬉しそうにする。

「こんなのは序の口だ。こっちはバイク。まだカスタム途中だけどな」

外国製の大型バイクは、彼専用に色も塗り直してある。

「……恰好いい」

「そう思うか？」

「ええ、本当に、ヒーローの乗るバイクのようです」

「そうか。じゃあ、いつかお前も乗せてやるよ」

「えっ」

顔をあげると、間近にこちらを見る蜂蜜色の瞳があった。

「俺の作ったものを見て、恰好いいと感動してくれたのはお前が初めてだから」

「……」

「家族は馬鹿な趣味だと言って相手にしないし、友人はみな昔は面白がってくれたけど、今じゃもう子供っぽいと笑うだけだしな」

「そんな」

獅旺は片頬をあげて、仕方なさそうに苦笑した。

「いつまでもアニメのヒーローに憧れているなんて、幼稚だと自分でも呆れるが。けど、好きなものはいくつになっても好きなんだから、しょうがないんだ」

「僕もです。僕だって、ずっとサニーマンのことが好きでした。今だって、僕のヒーローなんです」

身を乗り出して力説すると、獅旺が眉を持ちあげる。

「獅旺さんのさっきの舞台、すごく恰好よかったです。だから、こんなことできるのは、きっと、あなたしかいないです。ゴーカートのコースが作れるくらいなら、ヒーローにだってなれます。絶対に」

子供っぽい趣味だなんて全然思わなかった。誰にも負けない、素敵な夢だと、心からそう思った。

「そうか」

懸命に励ます夕侑に、獅旺が驚いた顔のままで笑う。

「はい」

夕侑が笑い返すと、獅旺は言葉をとめた。

そして、陽光さす夕侑の顔をじっと見つめてくる。夕侑も何も言わず、相手を見つめ返した。

男らしい端整な面立ちが、今はなぜかとても甘い。

獅旺が手をのばして、夕侑の頬に触れてきた。ほんのわずか指の背でなでられて、心がざわめいた。

どうしてだろう。もう、逃げたいと、怖いと思わなくなってきている。

代わりに、もっと近づきたいと感じ始めている。

――え。

その瞬間、ドクンと稲妻が落ちてきたように、全身がわなないた。

「……ぁ」

怖気と熱気が、同時に体内から発生する。

コントロールを失った神経と器官が、勝手にあばれ出すような感覚がやってくる。夕侑は臓腑からあふれ出るものをかき集めるようにして、自身を抱きしめた。

――発情(ヒート)だ。

どうして。急に。まだそんな時期じゃないのに。

「……ぁ、ぁ」

「どうした？」

突然顔色を変えて身体を丸めた夕侑に、獅旺も何が起こったのかわかったのだろう。緊張に顔をこわばらせた。

「もしかして、発情か」

「……はぃ」

「薬、持ってきてるだろう」

「……はい。でも、効くかどうか」

「飲むんだ、俺も飲む」

デイパックをあけて薬を取り出して、ジュースで流しこむも、まったくおさまる気配はなかった。

周囲にいた人々が、けげんな顔で鼻をクンクンさせ始める。オメガのフェロモンが漂い出して、皆が発生源はどこかと訝しんでいるのだ。

「まずいな。ここにいたらいけない」

獅旺はスマホを手にして、駐車場に待たせてある運転手に連絡を入れた。

「すぐに正面入り口に車を回してくれ。学園に戻る」

獅旺は震え出した夕侑の肩を抱くと、急いで入り口へと向かった。

「俺に触られるのは嫌かも知れないが、少し我慢しろ」

早足で歩きながら獅旺が言う。

夕侑は次第に意識が朦朧とし始めた。同時に、皮膚の下を無数の虫がはうようなおぞましい感覚がやってくる。

欲しい、欲しい。種が欲しい。腹の奥の、その奥まできて欲しい。

呪文のような欲情が、頭をおかしくしていく。ただ、交わることしか考えられない化け物へと墜ちていく――。

「……うっ」

あさましさに泣きたくなった。

どうして自分はいつもこうなのだろう。こんな身体、なくなってしまえばいいのに。皆に迷惑をかけて、なぜ自分はまだ生きていられるのか。

入り口ゲート前にひかえていた車の後部座席に乗りこむと、運転手はすぐに発進させた。学園までは一時間の距離だ。

「急いで戻ってくれ」

「わかりました。……しかし、これは、すごい匂いですね」

ベータらしき初老の運転手も思わず鼻を手でふさぐ。それほどヒト族オメガのフェロモンは強烈だった。

車が走っている間、身体を震わせる夕侑の肩を、獅旺はずっと抱きしめていた。しかし、彼の手もまた微細に震えている。

時折、大きな手が揺らめいて獅子の前足に変化した。もしかして夕侑のフェロモンが強すぎて、抑制剤を飲んでいるにもかかわらずバーストしそうになっているのか。

「……ごめんなさい」

夕侑は獅旺の腕の中で謝った。

「ごめんなさい、……ごめんなさい」

獅旺が腕に力をこめる。

「お前のせいじゃない」

答える声は低く掠れていた。

車はスピードをあげて進んでいたが、なぜかとある通りに出たとたん、急に速度をさげた。前席の運転手が、唸り声をあげてカーナビを操作し出す。

「坊ちゃま、まずいです。この先ずっと、渋滞しています」

「渋滞?」

道は周囲にまばらに建物があるだけの田舎道だ。しかし、前方では車が鈴なりになっている。

「どうやら、今日は富士山麓で音楽フェスタがあったみたいですね。そのせいでこの混雑です。どうしましょうか」

獅旺が窓の外を見わたす。車は延々と続いているようだった。後続車もやってきて、あっという間に身動きが取れない状態になってしまう。

「このまま待てない。どうにかして道を外れてくれ」

「これでは無理です。少しずつしか動きません」

停滞してしまった車の中で、獅旺が夕侑を抱きしめる。そして、意を決したかのように低く言った。

「この近くで、どこか、ふたりきりになれる場所はないか」

運転手は事情を察したのか、カーナビの画面を急いで押した。

「連れこみしかありませんが」

「連れこみ?」

「……ラブホテルのことです」

「それでいい。向かってくれ」

運転手は無理矢理、その場で方向転換をして細い脇道にそれた。抜け道を探りながら、車を進めていく。どの道も渋滞続きで、彼は苦労しながら車を走らせていった。

「夕侑」

獅旺が名を呼ぶ。夕侑の身体は、その声だけでジンと疼いてしまった。

「待ってろ、すぐ楽にしてやるからな」

全身が火をふいたように熱くなる中で、獅旺の声は不思議な安堵を与えてきた。心の奥にあるとざされたゲートが、彼にだけひらいていくような感覚に陥っていく。

しばらくすると、運転手は田舎道にポツンと建つ小洒落たビルの駐車場に車を入れた。車がとまると同時に、獅旺が夕侑を支えて転げるように外に出る。

誰にも会わずに部屋までいける造りのラブホテルらしく、そのまま急いで建物に入り、獅旺はタッチパネルで空室を適当に選んで廊下を走った。

カードキーでドアをあけて、中に入りドアをしめると夕侑を壁に押しつけ、いきなり深く口づけてくる。

まるで噛みつくような激しいキスに、意識が遠のいた。

獅旺が夕侑の両頬を手ではさみ、口から全身を喰いつくそうとするかのように何度も、何度も唇を重ねてくる。歯がぶつかり、舌先で上顎をまさぐられ、舌が根元からえぐられ、頭の中までかき回された。

「して……して、すぐに」

うつろな眼差しで、懇願する。

「……欲し……っ」

唇のはしから雫をたらし、欲望の権化となった表情で頼みこむ。獅旺の姿が揺れて、獅子が表面に浮き出してきた。

獅子は怖い。けれど欲しい。熱くて太いもので貫いて欲しい。

「クソッ」

獅旺が毒づいて、夕侑の服を脱がしにかかる。

コットンパンツと下着を引き裂く勢いでおろすと、自分もデニムパンツの前をもどかしそうに広げた。部屋の入り口で互いの股間だけをむき出しにする。ベッドまでは数歩だったが、それさえも遠かった。

夕侑の股間には貞操帯がはまっていたが、獅旺は夕侑を床にうつ伏せて、足をひらかせると後孔の部分に無理矢理自分の性器をねじこんできた。

「……あ、あ、は、ああっ」

熱い先端が、ほんの少しだけ孔に触れる。その振動だけで、夕侑はすぐに達した。

「あ、ああっあ、ハ、アッ、い……イく、くぅぅ――っッ……」

全身を震わせ、激しく遂情する。腰がガクガクと痙攣し、先端から白い雫が吐き出された。リングに包まれた肉茎が金属にこすられて、しびれるような快感が走る。

おぞましいほどの強い快楽だった。けれど、まったく足りていない。

「もっと、もっと、して、してッ」

自分にのしかかる男の、手や足に獣毛が現れては消える。

「まずい……バーストしそうだ」

獅旺は自身の太い性器を夕侑の尻に押しつけながら激しく扱いた。

しかし、それでも彼の獣化はおさまらなかった。

「ウウッ、ウッ、グウウウッ」

獣特有の、喉元で転がるような鳴き声がしたかと思ったら、首輪に噛みついてくる。そして鋭利な爪で皮膚を引っかく。肌に痛みがほとばしるが、それさえも狂いそうなぐらい気持ちがよかった。

「……ああ、あぁッ」

甘美な苦痛に、全身が性感帯に変わっていく。

背後でドンドンと、ドアが叩かれた。

「すみません、お客様、お客様、いらっしゃいますか」

「申し訳ありませんが、オメガの方がいらっしゃいますか。他の部屋のお客様から、匂いの苦情が出ています。部屋に常備してある非常用の抑制剤を飲んでください」

廊下から呼びかけられても答えられない。

「おさまらないのなら、救急車を呼びますが。このままでは、周囲が混乱します」

すると、違う声も聞こえてくる。

「おいッ、あけろ！　お前だけで喰ってんじゃねえよっ！　俺にも犯らせろ！」

オメガフェロモンにあてられた他の客の声だろう。獅旺は強い意志でバーストをおさえこんでヒト型を保つと、夕侑の性器を扱き、後孔に指を入れてかき回した。

「あ、ああっ、ああ、や、ッ」

「いくんだ」

「ああ、はッ、ああ、んぃ、イぃ」

「さあ、いけ。もっと、もっと」

ドアの外が騒がしい。

けれど、夕侑は自分だけの快楽に溺れていた。獅旺も歯を食いしばり、欲情に耐えている。ふたりとも途中でとめることなどできはしなかった。

「ごっ、ごめんな……さっ」

泣きながら何度も雫を放出する。

「いいんだ。構うもんか」

獅旺は夕侑を仰向けにして、首元に顔をうめてきた。歯でガリガリと首輪を傷つけながら、リングのはまった夕侑の性器と自分のものを重ねて、自身の皮膚がすり切れるほど扱きあげる。夕侑は彼の頭を両手で抱きしめた。

栗色の髪が乱れて、ひたいや頬にかかる。それもすごく気持ちがいい。アルファフェロモンと汗のにおいが混ざりあい、その芳香に天国に連れていかれる。恍惚となった意識の中で、夕侑も獣へと堕ちていった。

「はぁ、ぁっ……、し、しぉ、ぅ、さ……」

自分から彼の顔を引きよせて、震える唇をひらく。舌先を差し出せば、熱い舌がすぐに絡まってきた。

相手の髪を指でかきまわし、舌を吸う。ひらいた足を逞しい腰にすりつける。

はしたない仕草も行為に慣れているからではなくて、ただ本能に従っているだけだった。手も足も舌も、意志でとめることができない。

夕侑の婀娜めいた姿に、獅旺の犬歯と爪がまた伸びた。襲われる恐怖がやってくるが、食べて欲しいという歪んだ望みも同時にわく。

「もう……このまま、噛み、切って、全部」

腰を揺らめかし、信じられない言葉を発する。言わせているのは自分ではなく乗り移ったオメガの淫魔だ。それが夕侑を支配している。

「欲しい……欲しい、の」

淫乱で貪欲な悪魔の誘いに、獅旺の瞳がきらめいた。

「いいのか」

ふたりの性器を一緒に刺激しながら、喉を低く鳴らす。

「本当に俺のものにするぞ」

頭が真っ白になって何も考えられない。ガクガクとうなずいた瞬間、獅旺が極限に達し、熱い飛沫を飛ばした。

「――っ、ウッ」

大きく跳ねる太い幹に叩かれて、つられて際を越える。

「ん、んぅっ、ん、ァっ――や、やっ」

夕侑は激しく首を振った。

「ダメ、だめ、だめですっ」

震えながら相手の胸を押す。

「ダメ、いや、しないでっ、お願いだから」

少し理性が戻ってくれれば、これが望んでいないことだと理解できた。

「こんなの、イヤ」

「夕侑」

「イヤなんです。だから、やめてっ」

首を振り続け、混乱状態で相手を拒否する。けれど身体はまだ彼を欲しがっていた。嫌がりながらも、服はきつく掴んだままだ。

「わかってる。俺が怖いんだろう」

言っていることと行動が一致していない。パニックになって、涙もこぼれてくる。

「……怖いです。けど、けど。同じ、くらい、欲しくて……、欲しくて……でも、僕は、こんなんじゃ、ないのに」

「いいんだ。ちゃんとわかってる。仕方ないんだろう」

「ううッ」

ボロボロと泣く夕侑に、獅旺が口づけた。頬を舐めて、涙を拭い、どうしてか優しい仕草で抱きしめてくる。

ふたりの後ろでは、ドアがまだ激しく叩かれていた。誰かが何かを叫んでいる。

けれど夕侑の耳には、もう何も入ってきていなかった。獅旺のアルファフェロモンが、ふたたび淫欲の枷をはめる。

「……して」

まだ全然、壺の蜜は減っていない。燃えさかる炎のような発情は、夕侑の身体を焼き続けている。

わななく手を、獅旺の背に回す。欲深い業を呪いながら、本能に身を任せた。

「こんな風には、なりたくない、のに」

「ああ」

全部理解しているというように獅旺がささやく。

発情の波がまたわき起こり、濃厚なオメガフェロモンが放出されるのが感じられた。獅旺が唸り声をあげてバーストをこらえる。互いのペニスがむくむくと硬くなり、後孔が疼いてせん動する。

挿入されないセックスは、じれったいだけでいつまでたっても満足を与えてくれない。

「して……」

自ら蛇のように相手の身体に絡みついて懇願した。

「して、――してッ」

思考が反転し、理性が抹殺される。

「ああしてやる。いくらでも」

「もっと、もっと……」

「わかってる」

獅旺がバーストをおさえる苦痛にあえいだ。

「夕侑」

彼の犬歯が肌に食いこむ。必死になってヒトを保とうとする様子が、震える歯先から伝わってきた。

「夕侑、――夕侑……っ」

激しい悦楽の中で、自分の名が何度も繰り返される。

それを聞きながら、夕侑は連続して頂を越え――やがて、意識を失っていった。

＊　＊　＊

肩をトントンと優しく叩かれて、眠りから目覚める。

うっすらと瞼を持ちあげると、目の前には白い天井が広がっていた。視界のはしに、見知らぬ看護師の姿がある。

「大谷さん。起きてください」

「……」

言われて周囲を見わたした。機械の並んだ簡素な小部屋のベッドに自分は寝かされている。

夕侑はラブホテルで行為中に記憶を途切らせたことを思い出した。どうやらここは、どこかの病院のオメガ専用シェルターのようだ。

発情したオメガを隔離したり、治療したりするための特別室は、たいていの病院やビルに設置されている。自分はそこに収容されたらしかった。病衣を着せられ、首や手に大判の絆創膏がいくつも貼られている。

「フェロモンが規定値内におさまりましたから。もう大丈夫ですよ。点滴を外してシェルターを出ましょうか」

「……はい」

夕侑は腕につけられていた点滴を外してもらい、ベッドから起きあがった。身体はだるかったが、嵐のような性欲はきれいに消えている。血圧や心拍数を測ってもらった後、看護師につきそわれて部屋を出た。

すると、廊下の先から話し声が聞こえてくる。

「どうしてすぐに救急車を呼ばなかったんだ。こんな騒ぎになって、学園側も対処に追われている。理事長もお怒りだよ」

叱っているのは神永だった。

「すみません」

彼の前に立った獅旺が、神妙な面持ちで謝っている。

「何のための毎月の耐久訓練だったんだ。きみは今までそつなく訓練をこなしてきただろう。それがどうして今回にかぎって」

夕侑がふたりの元へ歩いていくと、獅旺が顔をあげてきた。

「大谷」

こちらにこようとして、思いとどまる。夕侑に貼られた絆創膏を離れた場所から見て苦渋の表情になった。

「大丈夫か」

夕侑は大きくうなずいた。

「迷惑をかけました」

自分が予定外に発情してしまったために起こった出来事だ。

「申し訳ありません」

神永と獅旺に頭をさげると、神永はため息をついた。

「とにかく、発情はおさまったようだから今日はもう帰っていいと、ここの医師の診断がおりた。ふたりとも帰り支度をしなさい」

言われて、「はい」と返事をする。夕侑はつきそいの看護師に連れられてシェルター横のひかえ室にいき、自分の服に着がえた。壁にかけられた時計は十一時を指している。どうやら騒ぎの後、五時間ほど眠っていたらしい。

部屋を出ると、扉の横に、壁にもたれて腕を組む獅旺がいた。

「……」

思わずやましさに目を伏せてしまう。

さっきの自分の痴態。放った浅ましい台詞の数々。そんなものがよみがえり動けなくなる。どう言葉をかけていいのか迷っていると、獅旺がこちらに近づいてきて、拳を握ったりひらいたりして少しためらった後、何も言わずに夕侑の手のひらを掴んだ。

驚いて顔をあげれば、間近にひどく苦しげな表情がある。獅旺は頬や首に貼られた絆創膏をじっと見て、握りしめた手に力をこめた。

そして無言のまま前を向いて、夕侑を伴い歩き始めた。何かに憤っているかのような態度に、どうしていいかわからず仕方なく彼に従った。

駐車場では、車の前で神永がふたりを待っていた。獅旺は神永のところまで手をつないでいき、夕侑のために車の後部ドアをあけた。夕侑が座席に乗りこむと、ドアをしめて自分は助手席に乗りこむ。車が発進しても、誰も何も喋らなかった。

寮までの帰り道、夕侑は前に座る獅旺の後ろ姿をじっと見つめていた。重い沈黙だけが車内を満たしている。疲れ果てていたせいか薬の作用か、思考は散漫だった。

学園に着くと、まだぐったりとしていた夕侑は自室に入りすぐベッドに横になった。

「強い抑制剤を投与したからね。数日間は身体が重いだろう。授業は様子を見て出席しなさい」

神永がそう言って、上がけをかけてくれる。

「わかりました。先生にもお世話をかけてしまい、申し訳ありません」

「いいんだよ。僕はこれが仕事だから。ゆっくり休みなさい」

「はい」

神永が電灯を消して部屋を出ていく。

薄暗い部屋で、夕侑はぼんやりとした頭のまま、カーテンの隙間から窓の外を眺めた。

そうして、最悪だった一日を思い返す。

遊園地で発情したとき、獅旺に頼んですぐに医療機関に連絡してもらうべきだった。遊園地にも、シェルターはあったかも知れない。そこに一時避難するという手もあった。

なのに、そうではなく、獅旺も自分もまるで本能でそれをさけるようにして、結局ラブホテルへといってしまった。

多分ふたりともが、医療機関へいってしまったらセックスできなくなるという考えが、無意識下にあったからだろう。

「……」

夕侑はため息をついて、寝返りをうった。

理性も常識も、何もかもを吹き飛ばして惹かれあう。どうしてこんな機能が、人に備わってしまったのだろうか。

究極の種の保存機能。それはかつて致死性ウイルスに犯され、人類が絶滅の危機に瀕したため遺伝子が生き残りをかけて変異したと、どこかで聞いたことがある。

しかし理由が何であれ、バース性は自分にとっては不幸を呼ぶ邪悪でしかない機能だ。

これさえなくなれば。

自分はもっと、普通に、人間らしく生きていけるだろうに。

そして、獅旺を困らせることもないだろうに。

――夕侑。

発情で浮かされていたとき、彼はそう呼んだ。
思い返すと、胸の奥が切なく疼く。
この気持ちは発情の影響なのか。もっと別のものなのか。
わからないままに、きつく目をとじた。

第四章

翌日は薬の影響で、身体が重く頭もぼんやりしていたので授業は欠席した。

眠気がいつまでたっても去らなくて、仕方なくベッドで教科書を読んで、疲れたら眠るということを繰り返す。うつらうつらしながらすごしていたら、夢の中で誰かがひたいをなでるのを感じた。

ふと目を覚ませば、そこには誰もいない。

夕侑はベッドから身を起こした。

甘い匂いがする。フェロモンとはまた違う、自然の香りが。勉強机を見ると、大きな花束とリボンのかかった白い箱がおいてあった。

ベッドからおりて机までいき、白い箱をあけてみる。中には高級な果物や、ゼリーやプリンが入っていた。

誰がこれをと思い、箱の横に小さなストラップがちょこんとおかれているのに気がつく。

「……あ」

それは、獅旺が持っているはずのサニーマンだった。ということは、この見舞いの品は彼が持ってきてくれたのだ。

夕侑はストラップを握りしめた。

どうして、これをおいていったのだろうか。あの人にとって大切な宝物のはずなのに。もしかして荷物をおくときに落としていったのか。

人形を頬に押しあてると、ほのかに彼の匂いがする。

「……獅旺さん」

多分、ここに忘れていったわけではないのだ。夕侑にこれを託していったのだ。まるで自分の心をおいていくようにして。

遊園地ですごしたふたりだけの時間が心によみがえる。

語った夢や、お互いの笑顔が。

胸の奥から、彼のことを愛おしいと思う気持ちが生まれてくる。それは発情とはまったく別のものだ。

心だけが、彼に反応している。そばにいたいと、話をしたり笑いあったり、幸せな時間をすごしたいと、望んでいる。

「どうしよう」

どうしたらいいんだろう。この気持ちは、未来のないものなのに。

夕侑は気づき始めた恋心に、戸惑うしかなかった。

その次の日、授業に出席した後、いつものようにひとりで校舎を出て寮に戻ろうとしたら、後ろから声をかけられた。

「大谷」

呼ばれて振り返ると、獅旺が急ぎ足で近づいてきていた。

「獅旺さん」

制服姿の彼が、三メートルほど手前で足をとめる。離れた場所から、夕侑の健康状態をうかがうように全身を眺めてきた。

「もう大丈夫になったのか」

「はい、あの、お見舞い、ありがとうございました」

今夜にでも獅旺の部屋に礼を言いにいこうと考えていたので、ここで会えてよかった。

「そうか。ならよかった」

獅旺はうなずくと、「じゃあ」といって去ろうとする。

「あの」

夕侑は思わず呼びとめていた。

「あ、あの、ストラップは、……僕が持っていていいんですか」

獅旺が振り返る。

「俺がそばによれないからだ」

「え……」

「だからそれだけでも、持ってて欲しい」

獅旺の言葉に、やるせないものが胸にこみあげた。

「大丈夫そうなんです」

「え？」

大きな声をあげた夕侑に、いぶかしげな眼差しを向けてくる。

「あの、……もう、……怖く、なくなったんで」

尻すぼみになっていく声に力をこめて伝えた。

「……もう、怖くは、ない、……みたいなんです……」

最後は消えそうになった呟きに、獅旺が目を見ひらく。

「本当か？」

「……はい。あの、どうしてか、獅旺さんは……大丈夫に、なったんです」

過去の事件でバーストした獅子族の男は、やはり思い返せば怖かったが、獅旺とその男は別人なのだと頭がようやく理解してきたのだった。

獅旺はそっと近づいてくると、夕侑の前に立った。

「なら、散歩にいくか？」

「はい？」

唐突に誘われて、思わず問い返す。

「今からちょうど、森へ駆けにいこうかと思っていたんだ。大丈夫そうなら、一緒にいってみるか？」

「……一緒に駆けるって、……あの、僕は獣化できませんが」

「俺の背にまたがっていけばいい」

言うと、獅旺は夕侑の気が変わらないうちに実行しようと思ったのか、その場で制服を脱ぎ始めた。

「え？　あ、ええ？」

いつものことだが、行動が早すぎてついていけない。思い立ったらすぐに実行しようとする合理的な性格は、経営者を目指す育てられ方からきているのか、決断が普通の人より早くて毎回面喰らう。

「服は丸めて、持ってってくれ」

獅旺が素裸になると、通りがかった生徒らが「おいおい。ここでか」と呆れたように声をかけていく。

彼はそれにかるく笑い返した。獣人ばかりの学園では、変身のために服を脱ぐことにさほど抵抗がない。逞しい身体をブルリと震わせて、獅旺は獅子に変化した。

大柄な獣が首を振って、『乗れ』と合図する。獣化するとヒトの言葉はしゃべれない。夕侑は服を手早くたたんで抱えると、獅旺にまたがった。

獅子の首に手を回すようにしてしがみつけば、獅旺はゆっくりと歩み出した。

夕侑を振り落とさないように注意して、慎重に進んでいく。そうして大丈夫と判断してから、次第にスピードをあげていった。

段々と早くなっていく走りに、自分も腕に力をこめる。怖さは感じなくて、風を切る心地よさにいつの間にか笑みさえ浮かべていた。

校舎の裏に広がる森は、獣化した生徒たちが運動するために作られた特別な園庭だ。雑木林や小川、なだらかな丘にひらけた空き地もある。

ヒト族の夕侑は、森の中にほとんど入ったことがなかったから、物珍しくてあたりを見わたした。

獅旺は木々を抜けて、森の奥まで進んでいった。うっそうと茂る欅や檜の大木の間を走り、やがて陽のさす一画へとたどりつく。

周囲には背の高い木が多く、足元には草が茂っていた。遠くで鳥が鳴き、風がふけば葉ずれのさざめきが波のように満ちてくる。

獅子は大きな一本の欅のそばで立ちどまると、そこで夕侑を背からおろした。

「……こんな所があったんだ」

鼻先を木の根元に向けて、座れというようにうながす。示された草むらに腰をおろせば、獅子はその横に大きな胴体を横たえた。

栗色の毛が、太陽の光を浴びてキラキラしている。立派なたてがみは炎の雫がたれているかのようだ。

その魅力に誘われるようにして、そっと獣毛に手をあててみた。獅子の毛は一本一本は硬いが、毛の流れに沿ってなでれば滑らかで触り心地はいい。艶やかな毛並みに見とれていたら、尻尾の先で首をくすぐられた。

獅子の耳がピクピクと動く。それは、『怖くないか』と聞いているようだった。ヒトのときと違い、獅子になった彼は大きいけれど可愛げがある。

「大丈夫です」

夕侑が微笑むと、獅子は満足そうに喉を鳴らした。

夕暮れが森をおおい始めるまで、ふたりはそこでゆったりとすごした。鳥の声を聴き、穏やかな風に身をまかせ、時折まどろむ。獅旺の身体に頭をもたれかからせて、陽光に輝く木々の群れを眺めていると、心の憂いが消え去っていくようだった。

獅旺は夕侑を守るように、がっしりとした手足の間に夕侑を抱えこんでいた。太陽に温められた獣毛からは独特の香ばしい匂いがする。

――この人と、一緒にいたら、ずっとこんなふうに甘えて生きていけるのだろうか。

ふたりよりそって、気持ちを穏やかにして。

うなじを噛まれて番になれば、フェロモンはお互いにしか作用しなくなる。他人に迷惑をかけることもなくなる。獅旺のことだけを考えて生きていけるのだ。

けれど、そう思うのと同時に、脳裏に死んだ友人や施設の仲間の顔がよみがえる。すると気持ちは一気に闇へと沈んでいった。

――自分だけが、幸せになってはいけない。

いまだ苦しんでいる同胞がいるというのに、ひとりだけ毎日笑って暮らすなんてことは、罪に近い。

自分の将来は、不幸なオメガを助けるためだけにある。ひとりでも多くの仲間の役に立てれば、自分がオメガとして生まれてきた意味を見いだせる気がする。

それは、三年前に友人の死を間近で見たときから決めてきたことだった。

夕侑の苦悩に気づかないのか、獅旺は尾を振って夕侑の頬や手をなでてくる。

そのくすぐったさに笑いながらも、この人と番になることはできないと、悲しい気持ちで決心していた。

＊　＊　＊

「大谷くん」

その日の夜、夕食を食堂ですませた後、部屋に戻ろうと廊下を歩いていたら、離れた場所から白原に声をかけられた。

「この前は大変だったね。大丈夫かい？　何か困ったことがあったら相談に乗るよ」

心配そうな顔で近づいてくる。

「あ、すみません。ありがとうございます」

夕侑は礼を言って頭をさげた。白原は横にくると、廊下に群れる寮生から夕侑を遠ざけるようにしてすみへと導いた。周囲を気にしながら、顔をよせてそっとささやく。

「ネットのほうはすぐに落ち着くと思う。騒ぎになるのは少しの間だけだろうし。きみは身元特定もされていないから、心配する必要はないよ。獅旺のほうはちょっと大変なことになってるけど」

「え？」

何の話かと、相手を見返す。

「ネットで騒ぎ?」

嫌な予感に、顔がこわばった。

「あれ、もしかして知らないの」

「何のことですか」

白原は困った顔をした。

「じゃあ、ちょっと部屋においで。今は獅旺もいないから」

そう言って夕侑の肩に手を回す。夕侑は白原と一緒に、二階の寮長室へと向かった。

「そうか。きみは友人がいないから、噂が耳に入っていなかったんだな。学園中、知らない奴はいないんだよ」

部屋に入ると、夕侑をベッドに腰かけさせてその横に自分も座る。ポケットからスマホを取り出して操作すると、夕侑に手渡してきた。

「……これは」

そこには数枚の写真が表示されていた。どれもラブホテルで撮られたものだ。

夕侑を抱えて部屋を出る獅旺、彼の家の立派な車に乗りこむふたり。SNSにのせられたそれらには『ラブホで異臭騒ぎ』『発情オメガ迷惑千万』『これがサカりすぎバカップル』『フェスの帰りに遭遇しましたよ』と書きこまれている。夕侑と獅旺の顔がはっきり写ったものもある。

あのとき、周囲ではこんな騒動になっていたのだ。

スマホを持つ手が震える。

先刻、獅旺は森にいったとき、夕侑に何も言わなかった。きっと彼だって知っていただろう。なのに黙っていたのは、多分、夕侑に心配をかけまいとしたのだ。

「……どうしよう」

「きみは、先生に呼び出されていない？」

「いいえ、まだ何も」

「じゃあ、回復を待ってからかな。それとも御木本家のほうが大変すぎて、きみのことは後回しになっているのかも」

「大変すぎるって、どういうことですか」

問いかける声がわななく。白原は浮かない顔になった。

「獅旺のほうは、本人が特定されてしまったんだ。ネットでは、御曹司の醜態として誹謗中傷が色々な場所に書きこまれている。御木本グループはたくさんの企業を抱えているからね。そっちにも飛び火して、鎮火に大わらわらしいよ」

「そんな……そんな」

自分のせいで、獅旺が大変なことになっている。ことが重大すぎて、夕侑はパニックになった。

「獅旺さんは……今、どこに」

真っ青になった夕侑に、白原がなだめるように言った。

「放課後、理事長らに呼び出されていた。今は両親がきてて、面会室にいるはずだ」

謝りたいと思ったけれど、そんなものですまされるはずはないだろう。

「大丈夫かい？　顔色がよくないよ」

混乱してただ震えるだけの夕侑の肩に、白原が優しく手をそえてきた。

「部屋に戻って休んだほうがいい。送っていくから」

夕侑は何も考えられなくなっていた。ネットに自分の写真が投稿されて騒動になるなど経験がないので、どうしていいのか全然わからない。

「心配しなくてもきっと大丈夫だから。あまり気に病まないで」

困惑する夕侑を白原が支えて、一緒に自室に戻った。

途中、長い廊下を歩いていると、正面玄関脇の面会室の扉が大きな音を立ててひらかれる。中から三人の人物が出てきたので、夕侑と白原はとっさに柱の陰に隠れた。

「こんな騒ぎを起こすなど、前代未聞だ。御木本家には、お前のような愚かな獅子はひとりもいないぞ」

声高に怒っているのは、背広を着た壮年の紳士だった。背が高く厳めしい顔つきで、いかにもアルファといった尊大さに満ちている。

その横には、和服姿の凜とした中年女性が立っていた。ふたりは獅旺の両親だろう。彼らのそばには本人がいた。

「お前はすぐにこの学園をやめて、他の学校に移れ。オメガ奨学生制度は廃止するように理事長に言う」

「父さん」

獅旺が抗議する。

「今回の出来事は、奨学生制度とは関係ありません。それに私はこの学園をやめるつもりはないです」

「何？　親に逆らうのか」

父親がギロリと息子を睨んだ。

「父さんの言う通りにしたら、それこそ世間の笑いものになります。私は逃げ出すつもりはありません」

「恥の上塗りをするつもりか、馬鹿者め」

「オメガを助けたことは、私にとっては恥ではありません」

「何を言う。オメガは邪悪な生き物だろう。奴らのフェロモンは我々の脳を狂わすのだぞ。運命の番などとほざいてアルファを操り利用する、よこしまな淫魔だろうが」

獅旺の父親の言いざまに、夕侑は全身の血が冷えた。

「獅旺」

母親が口をはさむ。

「お父様の言う通りになさい。あなたの将来のためです。こんなことでは、婚約者にも迷惑をかけるでしょう」

「彼女には俺から謝罪します」

婚約者、という言葉に愕然とする。その耳元で白原がささやいた。

「獅旺の親父さんは、やり手の冷血漢で有名だからな。あいつも厄介なことになったなあ」

「……婚約者、が、いるんですか……」

夕侑が思わずもらした言葉に、白原が答える。

「うん？　ああ。いるよ。生まれたときから決まった相手がね。御木本家は代々獅子のアルファ一族だ。だから彼の婚約者も同族アルファ。そのほうが獅子のアルファが生まれる確率が高いから。そうやって獅子の血を守ってるのさ」

「……そうなのですか」

考えてみれば、あたり前のことだ。上流階級に属する家系なのだ。結婚相手だって、家柄や血統で厳密に決められるだろう。

自分は何を期待していたのか。何を夢見て、悩んでいたのだろうか。

――運命の番。

そんなもの、自分だって拒否してきたはずなのに。

手に入らないとわかった今になって、こんなに衝撃を受けるとは。己の身勝手な思考に呆れてしまう。

獅旺が両親を見送るために、玄関から出ていくのを確認してから、夕侑は白原と共に自室に向かった。

「じゃあ、ゆっくり休むんだよ。獅旺の親の言ったことは気にしないほうがいい」

「……はい、大丈夫です」

部屋の前で、白原に礼を言ってドアをしめる。鍵をかけて、扉にもたれて大きくひとつため息をついた。

獅旺の父親の放ったオメガを蔑む言葉にも傷ついたが、それ以上に、自分と彼との立場の違いを強く突きつけられた気がする。

獅子族アルファは、同族と結婚する。その高潔な血を守るために。邪悪な淫魔であるオメガの血など、入りこむ隙間もないのだ。

自分と彼を隔てる現実をあらためて教えられた気がして、夕侑はその場で深くうなだれた。

＊　＊　＊

翌日の放課後、夕侑も理事長室に呼び出された。

理事長や校長、他の教師らの前で事件について叱責されるも、最後は以後気をつけるようにと言われるにとどまる。停学も奨学生制度の廃止についても説明はなかった。

夕刻、保健室で定期検診を受けながら、そのことを神永にたずねてみると、学校医は「うーん」と唸って事情を話してくれた。

「今のところ、制度については棚あげ状態かな。今後の様子を見て決めていくらしい」

ネットでの騒ぎは、あの後、投稿されていた写真はすべて削除され、代わりに御木本家の弁護士のコメントが公開されていた。

『御木本家の長男は、発情した知人のオメガを治療するためにシティホテルにかくまった。知人のオメガは抑制剤の効かない体質だったことと、渋滞で救急車を呼べなかったことがあり、あのような緊急措置を取らざるを得なかった』

という文面に、炎上は鎮火していった。きっと御木本家が素早く対処したのだろう。

とりあえず、世間的には事件は収束したようだった。獅旺が夕侑を助けるために、色々な場所で必死に動いていたのだろうと思うと胸が痛む。

彼には迷惑ばかりかけてしまっている。この身体のせいで。獅旺の将来のためにも、これ以上、彼に関わるのはよしたほうがいい。それに、自分自身の未来のためにも。

「発情バランスがちょっと崩れてるね。数日以内に発情(ヒート)がきそうだ。訓練の準備をするように担当教諭に連絡しておくよ」

夕侑は瞳を伏せて、神永の話にうなずいた。

「今日はゆっくり休んで。それから、訓練後の相手は白原くんだけがいいんだよね」

「はい」

「そうなると御木本くんが荒れそうだな。彼はいつもは余裕綽々としているくせに、きみのことになると、まったく余裕がなくなるから」

神永が苦笑する。

「まあとにかく、早めに休息を」

「わかりました」

礼を言って、自分の部屋に帰ろうと横においていた鞄を手に取る。

すると廊下から荒々しい足音が響いてきた。かと思ったら、ガラリと乱暴に扉がひらかれる。

「神永先生」

怒りの形相で保健室に入ってきたのは獅旺だった。

「やあ、早速きたな」

神永が座っていた椅子を回転させて、獅旺を迎える。

「訓練の後に、大谷の相手をするのが、どうして白原だけになったんですか」

獅旺がずかずかとふたりのもとへきて言った。

「きみは謹慎中だろう。あんな騒ぎを起こしたんだ。だから、これからは白原くんだけにしなさいと、上から言われたんだ」

「納得できません。夕侑は俺が相手をする。最初からそう決めていたんだ」

「決めるのはきみじゃないよ」

神永が獅旺をたしなめる。

「いえ。決めるのは、俺です」

獅旺は苛立った様子で言い切った。そして椅子に座っていた夕侑を見おろす。

「お前だってわかってるはずだ。白原になんて、相手をして欲しいと思っていないことに」

獅旺の瞳は、怒りと支配欲に満ちている。断言されて背筋が震えた。

「これは、大谷くんからの要望でもあるんだよ」

神永が冷静に伝える。すると獅旺が眉をよせた。

「何で？」

ありえない、と言うように夕侑を見る。その目つきの鋭さにひるみそうになりながらも、ハッキリと伝えた。

「そうです。僕も、先生にお願いしました。……やっぱり、獅子族の人は、怖いから……。し、白原さんは、優しいし。だから、あの人だけなら」

話の途中でいきなり獅旺に腕を掴まれる。

「嘘をつくな。そんなはずあるか。お前が俺を欲しくないわけがない。なぜなら、俺たちは運命の――」

「婚約者がいますよね」

考えもなく口から出たのは、その言葉だった。

言うつもりなんてなかったのに。

婚約者のことをたずねてしまえば、ただそれだけが彼を拒否する理由になってしまう気がして、そんな女々しいことをするつもりはなかった。なのに。

夕侑の言葉に、獅旺は目を見ひらいた。そして、怒りをおさえると平坦な声で言った。

「あれは親が勝手に決めたものだ。お前と出会う前は、それでもいいと思っていた。けれど、今は違うんだ」

「僕は、誰とも、番うつもりはないです。僕にはもう、決めている未来があるので」

「決めている未来？」

獅旺がけげんな顔をする。

「そうです。将来は、自立してオメガのために働くんです。そのために大学にもいきたい。だからこの学園で、我慢して奨学生をしながら勉強しているんです」

「働くって、何の仕事をするんだ」

「オメガを助けるＮＰＯやＮＧＯです。色々な知識を身に着けて、世界中の苦しんでいるオメガのために尽くしたいんです」

獅旺は夕侑の説明にうなずいた。

「だったら、俺がその夢を援助する。資金を出して、お前のためにそういう団体を設立してもいい」

「え……」

「大学だって、このままじゃ通えないだろう？　進学したいのなら、奨学生よりもっといい方法がある。安定した健康状態で学べる環境を、俺なら与えてやれる」

獅旺は、夕侑の目をじっと見つめてきた。

力強い瞳に、追いつめられる獲物の気持ちになる。獅旺は夕侑に『自分の番になれ』と言っているのだ。それに気づいて背筋に震えが走った。

昂ぶる感情は、拒否か、それとも喜びなのか。判断がつかない。夕侑はとっさに首を振った。

「……いいえ。番に、なるだけが、解決方法じゃありません」

夕侑の返事に、獅旺が目をすがめる。

「もうひとつの方法があります。僕は、それをとるつもりです」

獅旺は首を傾げ、思案する様子を見せた。

すると、急に表情を険しくして問いただしてくる。

「それはあの、轟という男と関係があるのか」

「えっ」

いきなり見当違いの名前が出て驚く。

「あの男と、一緒になるつもりなのか。だから俺とは番になれないのか」

夕侑は慌てて首を振った。

「ち、違います。あの人は関係ありません」

大げさなくらい強く否定すると、獅旺は納得したようだった。けれど怒りの表情はおさまらない。

「他の男と番になろうとするんだったら、俺はお前を誘拐して、監禁するかも知れない。……他の奴になんか絶対にわたしたくない」

獅旺がもらした本心に、夕侑はビックリした。そんな執着じみた考えを、この人が持っていたとは。

「あの男が関係ないのだとしたら、もうひとつの方法とは何なんだ」

腕を強く掴み、突きつめてくる相手に胸の奥がジリジリとあぶられるように痛む。夕侑はひるみそうになりながらも、どうにか口をひらいた。

「手術を、受けるんです」

「手術？」

獅旺が眉をよせる。思いがけない言葉を聞いたという顔になった。

夕侑はひとつ大きくうなずいた。

「そうです。オメガを、やめる手術があるんです」

「そんなもの、聞いたことがないぞ」

「まだ世界的にも珍しい手術で、日本でも執刀できる医師はひとりしかいません。その医師が、神永先生と知りあいの方で、先生にはずっと相談してきたんです」

獅旺が神永に目を移すと、神永が言葉を継いだ。

「オメガがオメガであるのは、フェロモンを分泌する首元の嚢と、妊娠可能な臓器によるんだ。それらをすべて手術で取り除く。難しい手術で生命の危険もあるが、どうしてもオメガで生きていくのが嫌だという人のために、そういった研究が進められている」

「……そんな」

獅旺が呆然とする。

「大谷くんは卒業までは、ここで奨学生として勉強して、卒業後、手術を受ける予定でいる。費用についても向こうの医師とは話がついている」

「どうしてそんなものを」

「僕は、早く解放されたいんです。この、地獄のような苦しみから」

生まれたときから囚われてきた欲望の檻。そこから自由になって生きていきたい。

「だったら、番う相手を見つければいいだけだろう。そうすれば、フェロモンをまき散らすこともなくなる。番になれば、フェロモンは番にしか作用しなくなるんだから」

夕侑は首を振った。

「番は、持ちません」

「どうして」

獅旺が苛立った声をあげる。夕侑は唇を震わせて、絞り出すようにして答えた。

「友人を助けられなかったから」

――やめて、やめてお願い、と叫びながら、――して、もっと、と懇願しながら嚙み殺された友人。おびえていた自分。

彼のことを思うと、生き残った自分が情けなくて腹立たしくて、どうしても許すことができない。

俯いた夕侑に、神永が言った。

「大谷くん。何度も言うようだけれど、それはきみのせいじゃないよ。あまり自分を責めるものじゃない」

優しい言葉は、今までたくさんの人から繰り返し聞かされたものだ。けれど、夕侑の心は変わらない。

獅旺は夕侑の腕を掴んだまま、その場にしゃがみこんだ。真摯な瞳で、下からじっと見あげてくる。夕侑の苦しみの根源にあるものを、すくい出そうとするかのように。

眼差しにもう怒りはなかった。けれど険しさだけは残っている。

そうして、静かにたずねてきた。

「お前は、もしかして、その友人のことが、好きだったのか?」

ハッとして、目を見ひらく。

心の奥にいきなり深くナイフを差しこまれたような衝撃に、夕侑は呆然となった。

「……好きだったんだな」

おだやかに、けれど断言するように呟かれる。その瞬間、目に涙があふれた。

こらえることができず、熱い雫はボロボロと流れて頬を伝い、あごからいくつも落ちていった。

隠してきた心が明らかにされて、自分を支えてきた芯がもろく崩れていく。

「……そうです」

わななく唇が、勝手に告白していた。

「そうです。僕は、……生まれたときから、男性しか、好きになれなかった。それで、初めて好きになったのが、彼でした」

——夕侑、夕侑。

と、自分を呼ぶ、かつての友人の声が耳の奥によみがえる。

同じ施設で、幼いころから一緒に暮らしてきた。オメガ同士で同じ男で、なのにいつの間にか好きになっていた。発情もまだだったから、本当に純粋な恋心でしかなかった。

彼には轟という恋人ができて夕侑は失恋してしまったけれど、彼の幸せを誰よりも強く願っていた。

「お前は、だから、不幸なオメガを救いたいのか」

夕侑は泣きながらうなずいた。

その頬に、獅旺が指先をあててくる。涙は獅旺の指にも流れていった。

「じゃあ、お前を失って、不幸になるアルファはどうすればいい？」

相手の瞳にも苦悩がある。

「一生、お前の幻影を求めて苦しむしかないぞ」

「……」

答えられずにいる夕侑に、獅旺が口のはしを歪めた。

「まだ、その男のことを愛してるのか？」

目をとじて、愛という言葉に思いをめぐらす。

かつての友人を愛していたかと聞かれれば、それは違うような気がした。彼に感じていたのは、プラトニックな恋情だけだ。それは獅旺に対するものとはまったく異なる。

けれど夕侑は、獅旺の問いかけを否定しなかった。

「愛してます」

ハッキリと告げることで、運命の絆を断ち切るように。

「だから、あなたの番には、なれません」

獅旺は御木本家の御曹司で、同族の婚約者もいる。そして父親はオメガを邪悪なものと見なしている。反対に自分は、社会の底辺で苦しむオメガと共に草の根をかきわけて生きていく。最初から、住む世界が違いすぎるのだ。

「そうか」

獅旺の腕から力が抜けていった。夕侑から手を離し、立ちあがると燃えるような眼差しで睥睨(へいげい)してくる。

瞳にあるのは、怒りではなかった。絶望と悲しみの青白い炎だけだった。

「……よくわかった」

底冷えするような声を発して、くるりと背を向ける。ドアまで歩いていくと立ちどまり、震える拳をふりあげた。

それをいきなり壁に打ちつける。ガン、と大きな音がして、夕侑と神永はビクリと肩をはねさせた。

そのまま振り返りもせずに、部屋を出ていく。

残された夕侑は、彼の痛みがまっすぐに伝わってくるようで、息もできずにただ後ろ姿を見守った。

＊　＊　＊

三日後、予定どおり発情がやってきた。

訓練が前回と同様に行われ、夕侑は檻の中でバーストした生徒らが抑制剤で正気に戻るのを待った。

訓練後、夕侑にも抑制剤が投与されたが、やはり効き目はなかった。

「じゃあ、今日は僕だけで、ゆっくりなだめてあげるよ」

ほてる身体を持て余す夕侑を、白原が嬉しそうに抱きあげてシェルターに入る。

獅旺は訓練中もその後も、姿を現さなかった。最後までどこかにいったままだった。

ベッドに横たえられると、つらくて胸がはり裂けそうになる。

自分でこうなるように仕向けたのに。絆を断ち切って、好きでもない相手に身をまかすことを、彼の前で望んだくせに。

「……うっ」

こらえようにも声がもれてしまう。悲しみと、あさましい快楽のために。

白原が夕侑の服を脱がし、自分も裸になる。肌に相手の手が触れると、どうしようもない拒否感に皮膚が粟立った。

「感じているんだ。嬉しいね」

違う。けれど、口にはせずに我慢した。

「ほら、見てごらん。もうココも、こんなになってる」

白原が、性器を包む重なったリングに指をそえる。それを下から順に、楽器を鳴らすように揺らした。

「あアッ――」

いきなりきつい快感に襲われて、ビクビクッと背をそらせる。夕侑の婀娜めいた仕草に、白原の目が色欲に輝き出した。

「いいね、いい。すごく、そそるよ」

目の前の人からいつもの優しさが消えて、獣の本性が現れてくる。舌なめずりする表情で夕侑の下肢を乱暴に割りひらくと、後孔に自身の昂ぶった肉棒を押しあててきた。しかし貞操帯が邪魔をして、先に進むことはできない。

「くそっ。本当に忌々しいな。この貞操帯は。どうにかして、壊してやりたい」

抑制剤を飲んでいるはずなのに、白原は段々と余裕がなくなってきていた。

「や、あ、――ぅ……ッ」

貞操帯を無理矢理引っぱったり、爪を立てたりする。そのたびに振動が愉悦を生む。

「甘い声を出して。そうやって僕を誘うのか。本当に、オメガは淫乱だな。ああ、くそっ、挿れたいなあっ」

手つきがどんどん粗暴になってくる。そうしてユキヒョウの影が揺らめく。バーストしそうになっているのかも知れない。

「し、しら、はら……さあ、ん、や……ぁ」

相手をとめようとしても、自分も欲情の嵐にのまれている。

「いいのか？　ああ？　いいのか」

白原がリングを強く扱き、自分の肉竿を後孔に押しつけながら腰を振る。ガクガクと揺さぶられながら、夕侑は快楽に弱い自分を心の底から呪った。

「い、ぃ、あ、や、やァ……や、も、もぅ……」

「嫌なのか？　そんなわけないよな。こんなに濡らしてよがってさ」

白原はいきなり夕侑の身体をひっくり返した。うつ伏せにすると、細い腰をグイッと自分のほうに引きよせる。夕侑の両足をとじて、間に陰茎をさしこんで扱いた。

「や、あ、ふ、っ」

「これしかできない。でもこんなんじゃ、全然足りないよ」

激しく抽挿しながら、手をのばして夕侑の乳首をきつくひねる。

「ああ、やだ、やだぁ、痛い。……いい、痛い、イイっ」

「どっちなんだい」

白原が笑う。夕侑は目をとじて、つらい現実を忘れようとした。

すると、脳裏に獅旺の姿が浮かびあがってくる。

一緒に遊園地に出かけて、恋人同士のようにすごしたことや、笑いあったこと。夕焼けのベンチで互いのことを話して聞かせたこと。そして発情を起こして、ふたりホテルに駆けこんで激しく抱きあったこと。そんなことが鮮明に思い出されてくる。

どうしてこんなときに。苦しくて胸が押しつぶされる。

あのとき、自分は、心も身体も全部が彼に向かってひらいていた。彼だけが、心を占めていた。

なのに――。

「し、し、しょう、さ……」

夕侑の声に応えるように、耳の奥で、自分を呼ぶ吼え声が聞こえるような気がした。低く長く、悲しみをこめた声で、彼がどこかで啼いている。

きっと、森の奥だ。今ごろ彼はひとりで森を駆け、苦しみに喘いでいる。夕侑が白原に抱かれているのをわかっているから、そして夕侑のフェロモンはまだ学園に漂っているから。

「やだ、いや、ァ、や、こんな、の、やだ……っ」

なぜ彼を傷つけてしまったのか。こんな形で。他の方法はなかったのか。けれど、後悔してももう遅い。

「いやなわけないよな。こんなに感じまくってるのに。いいだろ?」

「う、ううっ、い、や、……ん、――ぁ、はぁッ」

白原が夕侑の性器をいたぶる。するとどうしようもなく感じてしまう。

「ああ、ああ、……いい、や、や、あァ、いい、やだ、いい、やめて、もう、イイッ……あ、アアっ、いい、いく、そこ、いく……っ」

絶頂が迫ってきて、身体は高みに、心はどん底に墜ちていった。

「さあいきな。気持ちいいんだろう?」

「ああ、んん、いい――っ」

頭が真っ白になり、泣きながら白濁をまき散らす。全身が痙攣してそれが長い間とまらない。身体が壊れてしまったかのようだ。

「やれやれ、何ていやらしい恰好だ」

尻を高くあげ、リングのはまった性器の先端から精液をこぼす姿を白原はあざ笑う。

「こんなの見せられちゃあ、もうダメだ我慢できない。やっぱりきみが全部欲しい」

不穏な様子で、喉の奥を鳴らす。ベッドをおりて、脇においてあった鞄を何やらごそごそ探ったかと思ったら、ガムテープを取り出した。

「静かにするんだよ」

ビーッと音を立ててテープを伸ばし、夕侑の両手にぐるぐる巻きつけ、足も同様にする。

「な、何……」

力が入らない夕侑は抵抗もままならず、口にもテープを貼られてしまった。

「大丈夫、ちょっと場所を変えるだけだよ。そこできみを解放してあげる」

白原はスマホを取り出し、誰かに電話をかけた。

「――ああ、うん。僕だ。やっぱり連れていくことにしたから、車を出してくれないか。正門の警備員には話を通しておく。ここの場所はわかるね。そう、シェルター前に横づけしてくれ」

電話を切ると、ベッドのシーツを外して夕侑を包み始める。暴れて逃げようとしたら、「無駄なことなのに」と笑われた。

白原が鞄から黒い物体を取り出す。

スタンガン。理解したとき、夕侑は電撃に意識を失った。

＊　＊　＊

ゴトゴトと静かな振動が、身体の下から伝わってくる。

目をさますとそこは車の中で、夕侑はワンボックスカーの後ろの席に寝かされていた。全身をシーツに包まれ、窒息しないように顔だけ外に出されている。前の席にはふたりの男が座っていた。助手席は白原で、運転席は知らない顔だった。

「ここでいいよ。ご苦労さん」

車がとまり、白原が運転していた人相のよくない中年男に封筒を渡す。

「ありがとうございます。坊ちゃん」

男は礼を言って車をおりていった。拘束されて声の出せない夕侑は、首だけ巡らせて窓の外を見た。もう夜になっているらしく空は真っ暗だ。男の姿を目で追うと、駅らしき建物に去っていく。どうやらここは街の中らしい。

発情はまだ続いている。そのせいで、逃げたくても手足に力が入らなかった。いも虫のようにもぞもぞしていると、車がまた発進する。今度は高速を使って、一時間ほど移動していった。

やがて人気のない場所にたどり着くと、ワンボックスカーは唐突に停車した。エンジンが切られて、白原が運転席から外におりる。

「さあ出ておいで。可愛い僕の獲物くん」

後部ドアがあけられ、座席から身体を起こされた。白原は夕侑をシーツごと肩に担ぐと、薄暗い駐車場を横切って車の整備工場のような建物へと向かった。工場の周囲は真っ暗闇で建物はひとつもない。

「ここは僕の父親が所有する倉庫でね。今は使ってないんだ」

シャッターの横にあるドアを、鍵を使ってあけると中に入る。だだっ広くがらんとした倉庫は天井が高く、はしに木製のパレットがいくつか積んであるだけだった。白原が歩くたびに埃っぽい空気が鼻に入る。咳きこみたかったが、口にテープを貼られているのでそれもできなかった。

白原は奥にある工具棚が設置された壁際にいくと、棚の前にある広い作業台に夕侑をおろした。

「まだ発情してるな。いいね。きみは本当にいやらしい」

作業台前の電灯をともし、ふたりの周囲だけを明るく照らす。

「……ぅっ」

鼻がつまり息苦しくて、ひっ、ひっ、としゃくりあげると、窒息しそうなのに気づいたのか、乱暴に口のガムテープを取られた。

「こんなことをして、見つかったら大変なことになるのにっ」

夕侑は喘ぎながら叫んだ。

「退学どころじゃすまされないですっ」

白原は夕侑の訴えを聞かずにシーツを剥ぎ取った。全裸で震える姿が、明かりの下にさらされる。

「ああそうだね。でもきっと退学になるのはきみだけだよ」

「ど、どうして」

作業台の上にある工具を引きよせながら白原が笑う。

「だって、きみが僕に懇願したんだから。お願いだから、貞操帯を壊してくださいって。それでつながってくださいってさ。発情したオメガにそんなこと頼まれて、我慢できるアルファがいるはずないだろ？　だから仕方なく僕はきみをここに連れてきたんだよ。誰にも邪魔されずに、好きなだけセックスしたがるきみの望みをかなえるために」

「……え？」

「僕は被害者。きみに脅されたんだ」

薄ら笑いを浮かべる白原には、いつもの優しさがまったくなくなっていた。もしかしたらこれが本来の彼の姿なのだろうか。今までは、猫をかぶって夕侑をだましていたというのか。

白原はヘッドホンを頭につけた。

「ちょっと音がうるさくなるからね。もうこれできみの声は聞こえないよ」

「な、何を」

手に持っているのは、機械に接続されたカッターだった。

「この貞操帯、以前からどうしても外したいと思っててね。神永が鍵を持ってるらしいんだが、それがどう頑張っても手に入らなくってさ。だから、超音波カッターで切ることにしたんだ。ああ、動かないで、皮膚まで切れちゃうから」

突然、耳障りな高音がしたかと思ったら痛みが下腹に走る。

「い、痛いっ……やっ、やめてっ」

夕侑が悲鳴をあげると、白原が舌なめずりした。その顔にユキヒョウが揺らめく。

「動かないでくれよ。僕ももう、バーストしそうで手元が狂いぎみなんだ」

貞操帯を切断しながら言う。

「誰かっ、助けてっ」

「助けを呼んでもむだだよ。こんな田舎、誰もきやしない」

「いっ、いい、痛い」

「ほらほら、動くから。ああ、やばい、フェロモンと血が混じると、すごい。クラクラする」

白原の顔が、だんだんとユキヒョウ化してきた。

「獣化したら切れないから、早くしなきゃだね」

「いやだ、やめてっ」

「よく聞こえないなあ。別に僕は、きみが死んだってかまわないんだ。突っこめればそれで」

目を血走らせ、口から長くなった舌をたらして笑う。

「早くつながりたいよ、きみと」

「――ああっ」

白原は乱暴に、夕侑の身体のことはまったく頓着せずカッターを動かした。次々にひどい痛みに襲われるが、縛られているので逃げられない。

やがて貞操帯が切断されると、白原は乱暴にそれを取り去った。そして足のガムテープもカッターで切り裂く。

「ああ、これで、やっとつながれるよ」

欲に正気を失った姿が、グラリと揺らいでユキヒョウに変わる。二メートル近い大柄なユキヒョウが、よだれをたらして夕侑にのしかかってきた。

「ャッ、や……ぁ……っ」

痛みに朦朧としながら、恐怖におののく。夕侑は仰向けで相手に向かって両足を広げるような体勢にされた。

発情はまだ続いている。獣毛が下腹に触れると、おぞましいほどの欲求がやってくる。

――犯される。こんな獣に。嫌だ、絶対に――。

白原は獣特有の長くて凶暴なペニスを、易々と後孔に突き立てようとした。

「やめて……お願い……いや……」

絶望に首を振りながら拒否をする。

「グルルルッ」

もう逃げられない。

すべてをあきらめて、目をとじようとしたそのとき、離れた場所から大きな金属音が聞こえてきた。

ガシャーンという雷が落ちるような激しい音が、倉庫に鳴り響く。続いて二度、三度。

驚いて頭を起こすと、入り口のシャッターが内側にベコリとへこんでいるのが目に入った。

白原は欲情にとらわれていて、背後にまったく気づいていない。舌なめずりして夕侑とつながろうとしている。

鋼を打つ音がやむと、壊されたシャッターの隙間からバキバキという音を立てて、影がひとつ侵入してきた。

「……ぁ」

闇の中でふたつの目が光る。それは、一匹の大きな獅子だった。

「……し、しぉ……」

獅子は夕侑に気がつくと、大地を裂くような咆哮をあげた。

そしていきなり風のように駆けてきて、ユキヒョウの首にガブリと噛みつく。

突然の攻撃に白原が叫んだ。

「ギャァオオゥゥッ」

「グウウオオオッ」

二匹は絡まりあいながら床を転がり、激しい唸り声をあげて闘い始めた。

「グオオゥゥッ」

「アオゥグオウウウッ……ッ」

互いの身体に牙を立て、前足で蹴り、地響きのような威嚇を繰り返す。

夕侑は怖れと驚きに目を見ひらいた。

獅子のほうがユキヒョウよりも体格が大きいが、力は互角に見える。獰猛な獣同士の闘争は、一

方がもう片方をねじ伏せるまでとまらなかった。

「グァア……オゥッ……ウウグウゥゥゥ……ッ…………」

やがてユキヒョウのほうが力つきたのか、戦意を喪失して床にぐったりと横たわる。

大柄な猫は、弱々しい鳴き声をもらして負けを認めた。

するとようやく、獅子はユキヒョウから離れてこちらを振り返った。

その顔は興奮に牙をむき、目はつりあがり、たてがみは炎のように揺れている。夕侑の発するフェロモンと血の匂いに、獅子もまた欲望を目覚めさせられたのか腹を上下させた。

しかし、獅旺は夕侑の元にはこなかった。

ゆっくりと数歩さがったかと思ったら、踵を返し、入ってきた場所から倉庫の外へと出ていく。

「…………」

取り残された夕侑は痛みに喘ぎながら、消えていく獅子の後ろ姿を見送った。

＊　＊　＊

救急車が到着したのは、それから数分たってからのことだった。

痛みと発情で朦朧となっていた夕侑は、その後のことをよく覚えていない。麻酔が切れて目覚めたのは回復室のベッドの上で、枕元には医師と神永がいた。

「もう大丈夫だよ」

神永が夕侑の手を握りながら言う。身体中包帯や絆創膏だらけで横たわる夕侑を、学校医は痛ましげに見つめてきた。

処置をした医師によると、カッターで切られた傷は深くはなかったが、何カ所にもおよんでいたという。さいわい命に別状はなかったので、十日ほど入院して経過観察をすることとなった。

一度だけ、まだ傷がひどくて麻酔でウトウトしているときに、獅旺らしき人が枕元に立つ気配がした。目をあけたかったがどうしても無理で、夕侑は彼の存在を夢の中だけで感じていた。

「間にあわなくてすまない」

獅旺の後悔にあふれた声がする。

どうして謝ったりするんだろう。彼はちゃんと間にあって、夕侑の命を助けてくれたのに。

彼の手が、ひたいに触れた気がした。やわらかくそっとあてられる指先はとても優しく、それは夕暮れの遊園地で、サニーマンの話をしながら頬に触れてきたときのことを思い出させた。

あのとき自分は、彼のことをすごく恰好よくて頼りがいがあって素敵だと思った。笑顔に惹かれ、熱く夢を語る姿に心をときめかせた。発情に支配されていない想いは、純粋な恋心だったと思う。

「夕侑」

静かな声音は、悲しみに沈んでいる。

「……俺は、ずっと昔から、運命の番に憧れていた」

髪をなであげながら、語りかけてくるのは、現実ではなく夢の一部なのだろうか。

「その相手に出会えば、すぐに恋に落ちて、結ばれるんだと、夢みたいなことを考えていた。だから夕侑を見つけたとき、お前も俺のことをどうしようもなく好きになるのだとばかり思っていた。

……けれど、現実は違ったんだな」

さらり、さらりと髪をすかれる。

「こんなに頑固で一途なオメガが、長年の片想いの相手だったとは」

フッ、と微笑んだ気がした。そしてひたいにやわらかな唇の感触。

誘われるように、瞼をひらく。

けれどそこにはもう、誰もいなかった。

第五章

「事件は大きな騒動になったけれど、何とか収束したよ。きみは心配せずに、治療に専念すればいい。奨学生制度も廃止されないから、このまま学園にも残れる。学園側は、きみのためにできることをすると、理事長がうけおってくれた。だから、ここでゆっくり静養しなさい」

ベッドに上半身を起こして座っている夕侑に、神永が説明する。

「はい」

まだ傷がいえていない夕侑は、小さな声で返事をした。

あの事件から、数週間がたっていた。

夕侑は今、学園から遠く離れた保養施設にいる。ここは、夕侑のために用意された建物だった。古い別荘のような二階建ての屋敷は、広い敷地にシェルターも完備されている。人里離れた場所に建つ館に、夕侑は管理人夫婦と共に住んでいた。

授業はオンライン配信で受けて、発情期がくればシェルターに避難する。周囲は民家もない片田舎で、けれどおかげで心おきなく静養することができた。

事件は夕侑の身体に深い傷を残した。しかしそれ以上に、精神的なショックのほうが大きく、夕侑はどうしても学園に帰ることができなくなってしまった。

そのため学園側は、夕侑にこの地で卒業まですごすことを許可し、代わりに奨学生としての役目を、以前とは違う形で果たすことを提案したのだった。

「発情期になったら、僕がここにきて、きみの身体からフェロモン分泌液を、分泌腺から注射器で抽出する。それを学園に持って帰り訓練に使用する。——最初からこうすればよかったのかも知れない。そうすれば、あんな事件も起こらずにすんだものを」

神永はやれやれとため息をついた。

事件の後、白原は退学となった。夕侑への暴行は警察沙汰となり、白原家からは弁護士を通じて謝罪された。そして夕侑の匂いをたどって助けにきた獅旺は、謹慎期間延期の処分だけを受けたということだった。

あれから彼とは会っていない。どうしているのかもわからなかった。助けてもらった礼だけは神永に伝言を頼んでいたが、それに対する返事ももらっていない。

けれど夕侑は自分から彼を遠ざけたのだ。今さら何かを期待するような考えは持つべきじゃないだろう。

「ゆっくりすごしなさい。ここは環境もいい。きみの将来のことは、これから時間をかけて決めていけばいいいさ」

そう言って、神永は夕侑の憂いを察したかのように優しくアドバイスをした。

＊　＊　＊

後日、学生寮の部屋に残してきた私物が、保養施設に届けられた。

その中にはサニーマンのストラップもあった。古びた小さな人形のおもちゃ。夕侑はそれを毎日、握りしめて暮らした。獅旺のことを考えながら。

離れていても、運命の番は惹かれあうのだろうか。それとも、このまま忘れ去ることは可能なのだろうか。

自分はもう彼に会うことはないだろうが、獅旺はこれからも、訓練のたびに夕侑のフェロモンをかぐことになる。そのとき、あの人は何を感じてバーストをおさえるんだろう。夕侑のことを、まだ欲しいと願うのだろうか。

想像しただけで、ストラップを握る指が震えた。

自分の選んだ道が正しいのか間違っていたのか、考えれば考えるほど、わからなくなってきている。

静かな自然に囲まれて、日々おだやかに暮らしながらも心は千々に乱れて、夜ごと悩みながらベッドで寝返りを打つ。そんな日常が続く中で、ある日、夕侑の元を轟が訪ねてきた。

「やあ、久しぶり」

犬族ベータなのに大柄な熊のような容貌の彼は、ニコニコと笑顔で屋敷にやってきた。

「轟さん。遠い所をわざわざありがとうございます」

玄関先で出迎えると、いつものように頭をわしわしとなでられる。

「元気そうでよかった。メッセージでしか連絡取れなかったから心配したよ」

「すみません、病院からそのままこちらに引っ越したもので」

「いいよ、いいよ。顔が見られてよかった」

陽のあたる面会室に移動して、応接セットに座りコーヒーを飲みながら話をする。遊園地のショーで会ってから、四か月がすぎていた。

「ここは静かでいいところだね」

「はい。おかげでゆっくりと療養できて助かっています」

「それはよかった」

「轟さんは、今はお仕事は？」

「僕は相変わらず演劇一本さ。まあ、仕事もそれなりにもらえてるから頑張れてる」

なごやかに互いの近況報告をした後、轟が飲みほしたカップをテーブルに戻し、「ところで」と口調を改める。

「きみとはスマホでやり取りしていたけれど、どうも色々と迷っている様子があったから、ちょっと気になってね」

「はい」

「一度、キチンと顔を見て話をしておきたくて。それで今日、顔を見がてらやってきたんだ」

少し真剣な目を向けられたので、夕侑も背筋をのばした。

「以前から聞いていたように、きみは将来はオメガ救済の仕事につくつもりだとして、相談を受けていたあの手術は、やっぱり受けるつもりなのかい？」

声は優しげだったが、わずかに納得できない気持ちが含まれているように感じられる。

「……実は、迷い始めていて」

そう答えると、轟はうんうんとうなずいた。

「彼はどう言っているの？　きみの運命の人は？」

「え？」

驚いて顔をあげる。轟に獅旺のことは話していなかったのに。

夕侑の反応に、轟が苦笑した。

「遊園地に一緒にきてた彼だろ？　すぐにわかったよ。彼、僕にすごく牽制する目を向けてきてたから」

「……」

ショーの舞台裏で、轟に獅旺を紹介したときのことを思い出す。獅旺の眼差しにそんな意味があったとは。

「きみも彼のことが好きなんだろう。運命の相手とはそういうものらしいから。僕はベータだから、詳しくはわからないけれど」

「でも、彼とは、住む世界が違いすぎるので。結局、別々の道を生きていくことになったんです」

無理に笑顔を作って伝えると、轟は信じられないという表情になった。

そしてぐいっと身を乗り出してくる。

「夕侑くん、きみが、オメガを捨ててひとりで生きていこうとするのは、もしかして、僕の死んだ恋人のためなのかい？」

「え？」

轟は、ひどく真面目な顔つきになって言った。

「だとしたら、それは間違っている」

「轟さん」

「きつい言い方になってしまうかも知れないが、そんなことをしても、死んでしまった彼は喜ばないよ。あの子は、きみがオメガとして幸せになることを望んでいるだろうから」

「……」

「それに、もしきみが、世界中のオメガのために働きたいというのなら、手術を受けることは、彼らに失望しか与えないだろう」

「な、なぜですか」

思いがけない言葉に戸惑う。

「オメガ性を捨てなければ、幸せにはなれないと、彼らに教えるようなものだからだ」

轟の言葉に、夕侑は愕然とした。

そんなことは、今まで考えもしなかったからだ。

自分がオメガを捨てることで、他のオメガに失望を与えるなどとは。

「……で、では、僕は、……どうすれば」

視線をさまよわせる夕侑に、轟はおだやかな表情に戻って言った。

「きみがオメガのままで幸せになれば、それはきっと彼らの希望になる。きみは幸運にも、運命の番と出会えたんだから」

呆然と見返すと、大きな毛深い手で両手を包みこまれる。

轟は秘密をうち明けるようにしてささやいた。

「夕侑くん。きみは、僕の恋人のことが好きだったんだろう」

ハッと目をみはれば、相手は、わかっているというように人なつっこく微笑んだ。

「きみが彼に想いをよせてくれていることは、僕も気づいていたよ」

隠していたことが明らかになって、目にみるみる涙がたまる。

「けれど、彼は僕のものだ。彼を悼むのは僕の仕事で、きみは、きみの想う人のことを考えて、生きていくべきなんだ」

そうして轟は、長年の心の枷を解放するかのように言った。

「幸せになるのは、決して罪ではないんだよ」

優しく告げられて、胸の中にわだかまっていたものがゆるやかにとけていく。

たくさんの悩みや苦しみが、長い年月の間におもりとなって夕侑の中に蓄積されていたのだけれど、それが轟の言葉で静かに消えていくような気がした。

「世界中のオメガを幸福にしたいのなら、きみ自身が幸せにならなくて、どうして人にそれを教えることができるんだい」

「…………」

幸せの意味なんて、今まで考えたこともなかった。苦労すればするほど、仲間を救う力を持てると信じていたから。

けれど本当はそうじゃなかった。

「幸せを見つけるんだよ。きみだけの。僕の恋人も、きっとそれを望んでいる」

胸がいっぱいになって、ただうなずくことしかできなくなる。

——夕侑、夕侑。

と、自分を呼ぶ、友人の声が耳の奥に聞こえる気がした。

記憶の中の彼はいつだって笑顔だった。まるで失った彼の未来を、夕侑に託すように。

「……わかりました」

嗚咽をこらえながら目をとじる。

そんな夕侑の手を、轟は微笑みながらいつまでも優しくなでてくれていた。

＊　＊　＊

ひなびた田舎に建てられた屋敷は、自然豊かな環境にあり、夕侑はそこで四季の彩りを眺めながら、自分の人生について考えつつ残りの学生生活をすごした。

訪問してくるのは神永ぐらいで、他にやってくる者はほとんどいない。けれど対人恐怖症気味になっていた夕侑には、ちょうどいい暮らしだった。

獅旺はこなかった。ただの一度も。連絡もなかった。

夕侑が翌年進級したとき、彼は卒業して最高学府に進学したと神永から聞いた。優秀な成績で合格したらしい。

それを知らされたとき、やはり聡明な人だったんだなと改めて感心した。きっと将来も輝かしいものになるだろう。御木本グループの跡継ぎとして、同じ獅子族アルファの人と結婚して、子供をもうけて。

そして、離れていった愚かなオメガのことは忘れて――。

なくした今になって、彼がどれほどの強い想いで夕侑を守ろうとしてくれていたのかがよくわかる。

アルファ獣人しかいないあの学園で、孤独だった自分を、どれだけ気にかけてくれていたのかも。

なのに自分は、失った友人のことを『まだ愛している』と嘘をつき、『だから、番にはなれません』と突き放した。

ひどいことをしたと思う。運命の相手に対して、何よりも罪深い行為をした。

でもそれは、自分の存在が彼の迷惑になると思ってのことだった。

獅旺の未来に、生まれも育ちも違いすぎるオメガは相応しくないと。そう考えたから本心を偽った。

選んだ道が正しかったのかどうかはわからない。

けれど自ら彼を拒否したのだから、今さらどんなに好きだったと気づいたとしても、もう手遅れだろう。

壁を叩いて、保健室を出ていった獅旺の怒りを思えば、夕侑のしたことは簡単に許されるものではない。連絡を待つことさえ、おこがましい考えだ。

自分はこのまま、あの人とは別の人生を歩んでいく。

しかし、手術を受けるかどうかは、まだ決心がついていていなかった。

轟に言われた、自分だけの幸せ。

それはまだ、見つけられないでいた。

毎日、授業は動画で受けて、試験と課題をこなし単位を取得する。そうやって、勉強漬けで日々をすごす。

獣人の生徒にジロジロ見られたりすることもなく、訓練の負担もなくなり、ストレスの少ない生活は、以前に比べてとても平穏なものとなった。

春は草木に芽吹く新たな緑に心いやされて、夏は太陽と風に身をまかせ、秋は人恋しげに暮れゆく茜空を眺め、冬は静かに雪にうもれて暮らす。

発情が始まれば身体は苦しかったけれど、それさえもゆとりのある生活の中では、受け入れる心の余裕ができていった。

自分は生きていて、そして未来はどうしても存在する。逃げることはできない。生を全うしようとするのなら。多くの道からただひとつを、必ず選択せねばならない。

一年目、二年目と、自然に囲まれた、おだやかな日常が続いていく。迷いを抱え、正しい答えも得られぬままに。

――そうして、雪どけ水の清らかな雫が、敷地内に植えられた梅の蕾からしたたるころに、夕侑もまた学園を卒業する時期を迎えたのだった。

＊　＊　＊

「卒業おめでとう」

卒業式の翌日、式に出席できなかった夕侑の元に、神永が証書を届けにやってきた。

「ありがとうございます」

温かな陽の光がさす応接室で、自分の名が書かれた証書を、感慨深い思いで受け取りながら礼を言う。

明日からはもう、学園の生徒ではなくなることがまだ実感できない。それは、ここでの生活があまりにも恵まれていたからだ。

学校生活はあっという間で、特にここにきてからはオメガであるストレスからも解放されて、充実した日々をおくらせてもらえた。

卒業を無事に迎え、今、一番に脳裏に浮かぶのは獅旺とすごした楽しかったひとときだ。

それだけを胸に、これからは生きていこうと思う。

「大学は通信制にするんだってね。住む場所については、学園から奨学金が出るからシェルターつきのマンションへも引っ越せるけれど、ここに引き続き住んでもかまわないという許可は出ているよ」

「え？　そうなんですか」

受け取った証書から顔をあげて、夕侑はたずねた。

「うん。きみが望むのなら、ずっと使ってもいいそうだ」

思わぬ提案に、目をみはる。

「本当なんですか？　学園はオメガ奨学生にすごく親切なんですね」

寛大な配慮に驚くと、神永は優しげに微笑んだ。

「大谷くん。きみは知らなかったようだけど、ここは、学園の持ちものではないんだよ」

「え？」

「この屋敷は、たしかにきみのために用意されたものだけれど、所有者は別の人物なんだ」

「……」

夕侑は、戸惑いながら神永を見返した。

「別の……人、って？」

神永が、含みのある笑顔をしてみせる。瞬間、心臓がドクンと大きくはねた。

「まさか……」

「そう。ここは御木本家の所有物なんだ」

「……御木本家、って？　何で……」

「御木本くんがね、きみを守るために、ここを用意したんだよ」

「……そんな」

証書を持つ手が震える。

「でも、そんなこと、あの人は、一言も……」

連絡さえなかったのに。

夕侑は言葉を失って、視線を屋敷にさまよわせた。ここが学園の保養施設ではなく、御木本家の別荘だったとは。

「大谷くん」

戸惑う夕侑に、神永が続ける。

「手術の件は、きみさえ了承するのならば、執刀医のほうは準備ができていると言ってきてる」

夕侑は神永に視線を戻した。

「けれど、よく考えて、決めたほうがいい。手術を受けてしまえばもう、元に戻ることはできないのだから。きみの一生を左右する決断だ。慎重に、できれば大切な人と相談をして」

神永が夕侑に、首輪と貞操帯の鍵を手わたしてくる。

「後悔しない道を選びなさい」

大切な人。自分にとって。それは……。

「連絡はいつでも僕にしてくれていいから。待っているからね」

そう言って、神永は帰っていった。残された夕侑は、神永の車を門まで見送った後、屋敷の中を改めて見て回った。

庭に設置されたコンテナ型のシェルター、たくさんの客室に、広間や応接室。あまりに広くて立派な建物だったので、個人の別荘だとは思いもしなかった。

そして、建物の奥には、地下へと続く階段があった。その前には立ち入りを禁止するチェーンがはられている。

夕侑はこの奥に入ったことはない。管理人からは、地下には倉庫があるだけと聞いていた。

階段の下は暗くてひっそりとしている。夕侑はチェーンをくぐって中に入った。電灯もつけずに、ゆっくり地下一階へとおりていく。その先は真っ暗な廊下だ。

壁に手をあてると、スイッチに触れたので明かりをつける。冷気漂う廊下の先に、ひとつだけ扉があった。鉄製の頑丈な、屋敷の古さに反して新しいドアだ。

夕侑はそこまで歩いていくと、ドアノブに手をかけて回してみた。鍵はかかっていないようで、カチャリと音がして、扉がゆっくりとひらいた。

ドアの内側に電灯のスイッチがあったので、それを押す。すると中が明るく照らされた。

「……」

言葉をなくして周囲を見わたす。

倉庫だと言われていたその部屋はたしかに広かった。百平米ほどの空間は近代的で、まるで何かの研究室のように機械やコンピュータやディスプレイがたくさん設置されている。

真ん中の丸い机には、作りかけの義手のようなものがあり、その横のトルソーには鋼の鎧が飾られていた。これは以前、見たことがある。たしかあの人の、スマホの写真の中にあったものだ。

机には金属の原料や、工具類、分析機器のようなものまで並んでいる。こんな科学者が実験するラボのような部屋は、映画でしか観たことがない。

夕侑は部屋の奥にある壁まで歩いていった。そこには、何枚ものサニーマンのポスターが貼られていた。横の本棚には彼に関する書籍と、フィギュアがいくつも飾ってある。

「……こんな」

ここに、こんな部屋が、あったなんて。

夕侑は、ずっと前に獅旺と遊園地で話したことを思い出した。彼は将来ヒーローになるために、研究室を作っていると、嬉しそうに教えてくれたはずだった。

「ここが……」

獅旺の夢のつまった場所。

部屋の中には埃がたまっていた。長い時間、人がきた形跡がない。きっと夕侑に屋敷をあけわたすために、この場所は閉鎖したのだろう。夕侑のために、彼はここにくることをやめたのだ。

「……どうして」

どうして、そこまでして。

壁に貼られたポスターを見あげていたら、彼に会いたくてたまらなくなる。

夕侑は踵を返して部屋を出た。

獅旺に会わなければならない。

このまま、終わりにしてはいけない。本心を押し隠したままで生きていったら、きっといつか後悔する。そして彼の優しさを踏みにじったままにしてしまう。そんなことをしては、絶対にいけない。

彼がもう夕侑のことを忘れてしまっているのだとしても、他に恋人ができていたとしても、会ってもう一度だけ、話を——。

階段を駆けあがり、廊下を走って正面玄関に向かう。けれどその途中で、はたと足をとめた。

自分は獅旺の連絡先を知らない。住んでいる場所も。そして勝手にひとりで敷地外へ出てはならないと言われている。外出するときは、必ず管理人か神永が同行することになっていた。

舘の別室に住む管理人に頼めば何とかなるかも知れないと、ポケットからスマホを取り出して連絡してみる。しかし誰も出ない。それで思い出した。今日は夫妻で外出していて、夜まで戻らないと連絡されていたことを。

もどかしい思いばかりが胸を焦がし、それに耐えきれず、夕侑は正面玄関から外に飛び出した。

車よせを抜けて芝生の敷かれた前庭を走り、正門へと向かう。門は常時、施錠された頑丈な鉄製の門扉にとざされていて、許可を得た者しかそこをくぐることはできなくなっている。

「……」

夕侑は鉄格子までたどり着くと、冷たい柵を手で掴み、門の外を見やった。

鬱蒼とした木々に挟まれた一本道は、カーブを描きながら遠くまで続いていた。

この先へは、勝手に出ていくことは許されない。そんなことをしたら、他人に迷惑をかけてしまうかも知れないから。

門扉の格子はまるで檻のようだった。自分をとじこめる鋼の牢獄。その先は、あんなにキラキラ輝いているのに。

木もれ日が照らす昼さがりの道を、夕侑は目を細めて眺めるしかなかった。

獅旺に会いたい。もう一度だけでいいから。

そう思いながら格子を握って、道路の先を見つめていたら、遠くから一台の車が姿を現した。静かにこちらに向かってくるのは、黒塗りの外国車だ。

夕侑は一瞬、神永が戻ってきたのかと考えた。何か、忘れ物でもしたのかと。しかし車は学校医のものではなかった。もっとスタイリッシュで、エンジン音も違っている。

車はゆったりとカーブを曲がり、一本道を真っ直ぐに夕侑の元までやってきた。そうして、正門の少し前で停車する。

訪問客なのかなとぼんやり眺めていたら、門の電子錠がかろやかな音をたてて解錠された。門扉がガチャリと動き始めて左右にひらいていく。

それと同時に、車のドアがあいた。運転席から背広姿の大柄な青年が、急いだ様子でおりてくる。

それは、栗色の髪をきれいに整え、二年前より大人びた風貌になった獅旺だった。

彼はわずかに目をみはって、正門に立つ夕侑を見つめてきた。

夕侑もその場から動けなくなる。

お互い、いきなり目の前に現れた相手に驚いてしまい、しばし呆然と向きあった。

やがて獅旺が何かに気づいたかのように、きびすを返して車の後ろへと回りこんだ。トランクをあけて中から荷物を取り出す。

ふわりと現れたのは、大きな花束だった。百合や薔薇やデイジー、そしてかすみ草が華やかに括られた、獅旺の肩幅ほどある見事なブーケだ。

それを手に、彼はこちらに向かって歩いてきた。けれどその足が、三メートルほど手前でとまった。

その場から近よろうとせず、花束を手に少し緊張気味に微笑む。

「卒業、したんだな」

制服姿の夕侑を、感慨深げな眼差しで眺めてきた。

「おめでとう」

祝いの言葉を、丁寧に口にする。

「……どうして」

獅旺がここに。

唇が震えて、何も言えなくなる。

——どうして、この人が、今、ここにきているのか。

そして、どうしておめでとうなんて言うのか。どうして今まで自分をここにかくまってくれていたのか。なぜ地下にあった部屋を封印してまで——。

聞きたいことはたくさんあるのに、どれから口にしていいのかわからない。思いばかりがあふれてしまい舌が動かなくなる。

言葉がつまってしまった夕侑に、獅旺はわずかに困ったような表情になった。

「お前に、今日、伝えたいことがあって」

伝えたいことが、と言われて、夕侑は自分もまた彼に伝えたくてたまらないことがあるのに気がつく。

今までの自分の身勝手だった態度を謝って、優しくしてくれたことに礼を言って、本当は好きだったことを告白して、それから、それから……。だけど混乱した頭は、うまく言葉を組み立ててくれない。

「地下の部屋を見たんです」

ごちゃごちゃの頭の中から、最初に出たのはなぜかその台詞だった。言ってしまってから、脈絡のなさに恥ずかしくなる。

夕侑は戸惑いながら相手を見返した。

「え?」

いきなり放った言葉に獅旺が驚く。

「サニーマンの研究室を」

「……ああ」

獅旺は一度、瞬きしてからうなずいた。

「見たのか。あれを」

「ごめんなさい、勝手に入ってしまって」

「いや。いいんだ。あれは、いつかお前に見せたいと思っていた部屋だったから」

「……僕に」

獅旺が、ふたたびうなずく。

彼の表情が、夕侑の言葉を待って真摯なものになる。それに舌の絡まりも段々とほどけていった。

「どうして」

気を抜けば掠れてしまいそうな声で夕侑はたずねた。

「どうして僕を、ここですごさせてくれたんですか?」

大切なラボのある建物を、二年もの間、なぜ夕侑のために使ってくれていたのか。

その問いに、獅旺はあたり前のことを答えるかのように言った。

「お前を、どこへもいかせたくなかったから。手元に監禁するようにして、静かに勉強して欲しかったから。誰にも会わせたくなかったから」

まるで、夕侑を無理矢理ここにとじこめたような言い方をする。

「……そんな、そんなこと。……僕は、ぜんぜん……知らなくて」

獅旺の答えに声が震えてしまい、また言いたいことがうまく伝えられなくなってしまう。

「ここは、すごく、いい所でした」

ようやくそれだけ口にすると、獅旺が少し嬉しそうにした。

「そうか」

甘い笑顔を見せてくれたことで、胸が大きく波立つ。

獅旺はまだ、距離を取ったままでいる。近づくことをためらうようにして、その場から動かない。

少し緊張した顔つきには、以前のような鷹揚な雰囲気はなかった。

「今日は、お前に頼みがあってきたんだ」

「……頼み？」

「そうだ」

気持ちをおさえるようにひとつ深呼吸をしてから、ゆっくりと話しだす。

「両親を、二年かけて説得した。俺は、お前以外の番を得るつもりはないと。それをハッキリと伝えた。婚約も解消した。ひどく手間取ったが、親も最後は了承した。御木本グループを今の倍にまで発展させることを条件に。もちろん、それくらいはやってみせる」

夕侑は目を大きくみはった。

「お前が誰を好きになろうと、どんな道を歩もうとかまわない。けれど、これだけは、俺にさせて欲しい。――大切な運命の相手を、守ることだけは俺の役目にさせてくれ」

ひたむきな言葉に、全身が震える。

「……なんで」

掠れた声で問いかけた。

「なんで、僕なんかに」

自分などには、身の程をこえた告白だ。

「お前のことが、好きだから」

獅旺の言葉は、夕侑の胸を射抜いてきた。けれど貴すぎてつい大きく首を振ってしまう。

「運命の番なんて、ただの欲望でつながった関係でしかないです。フェロモンで惑わされているだけだと、……あなたには、もっと相応しい人がいるかも知れないのに……」

自分は獅旺のことが好きだったしそれを伝えたいと思っていたけれど、それで彼の恋人になれるなどという期待や自惚れはまったく持っていなかった。

獅旺が微笑みながら、夕侑の言葉を否定する。

「お前だけだよ」

信じられないというように、また首を振ってしまう。すると彼は自信に満ちた声でたずねてきた。

「夕侑、お前は地下のあの部屋を見てどう思った?」

「え?」

「あの、子供っぽい夢のつまったおもちゃ箱みたいな部屋を、お前は笑うか?」

「まさか」

それは即座に否定した。あの部屋がどれだけ素晴らしく、夢にあふれていたか。獅旺の心を映しだしているか。夕侑にはよくわかっていた。

「俺がヒーローになりたいと言って、微笑んで、すごいですね、と返してくれたのはお前だけだった。皆、笑うか馬鹿にするか、相手にしないかだったからな」

一歩だけ、獅旺が踏み出してくる。

「夕暮れの遊園地で、お前の笑顔を見たとき、俺は、運命の相手がお前で本当によかったって思った」

夕侑はそのときのことを思い返した。そうだ、あのとき自分もまた彼に惹かれたのだ。

「アルファは、オメガを守るためにいる」

獅旺がゆっくりと、近づいてくる。夕侑を怖がらせないように慎重に。

「俺は、お前を幸せにするために、ヒーローになりたい」

夕侑はもう逃げなかった。

愛情に満ちた茶色の瞳に、どうしようもなく愛おしさを感じてしまう。

逃げないことが嬉しかったらしい。獅旺が手をのばして花束を差し出してくる。芳しい花の香りが鼻をくすぐった。

「そばにいて欲しい」

「——……」

何てひかえめな願いだろう。

今までのこの人からは考えられないほどの、繊細な頼みだった。

「お前が、死んだ初恋の相手を好きであっても、俺はそれごと全部、お前のことを愛するから」

「……っ」

獅旺の愛は、どれだけ大きいのか。

夕侑のすべてを受け入れて、守ろうとしてくれる。それに対して、自分はどれほどわがままで頑固なことをしてきてしまったのか――。

「……ごめんなさい」

今までの自分の不実を謝る。

「どうして、謝る？」

夕侑の謝罪に、相手の身体がかすかにこわばった。すべてを拒否されるのだと思ったらしい。

「……本当は、あなたのこと、好きだったんです。なのに、僕は、自分のことしか考えてなくて、色んなことに意地になってて、拒否してしまってました」

ようやく本心を告げることができると、獅旺は目を見ひらき、「本当か？」と呟いた。

「じゃあ、お前も、俺のことを好きだったってことか」

花束を持ったままの手で、ブレザーの両腕を掴んでくる。痛むほど揺すって、顔をのぞきこんできた。

涙をにじませた夕侑は、俯きがちにうなずいた。

「親友だった彼のことは、大事に思っています。けれど、あなたに対する気持ちは、もっと別の、深い……愛情が……ずっと、あって――」

言い終わらないうちに、きつく抱きすくめられる。

「夕侑」

せっぱつまった声がした。

「手術を受けないでくれ」

耳元で訴えかけられる。

「頼む。頼むから。手術だけは、受けないでくれ」

おさえこんでいた本当の願いが、せきを切ってあふれてしまったというように懇願された。それに心がえぐられる。

この人を、自分はどれだけ悩ませ、苦しませてしまったのか。何て身勝手なことをしてきてしまったのか。

——幸せになるのは、決して罪ではないんだよ。

轟の助言が思い出される。

オメガのままで幸福になること。それが他のオメガにも希望になるだろうと、彼は言ったのだ。

「……」

もう、意固地になるのはやめなければ。

心の縛りをといて、自分の気持ちに素直になって。そうして、自分にできることを探していこう。

「……はい」

真心をこめて答えると、獅旺の腕に力がこもる。

「——ああ」

獅旺が夕侑にもたれかかるように、さらに強く抱きしめてきた。

「そうか。よかった……」

安堵をふくんだため息が、耳元でもらされる。

その声に、自分もまた、本心では獅旺との幸せを望んでいたのだと、オメガである自身を否定したくはなかったのだと気づかされる。

大柄な獅子族のアルファに痛いほど拘束されて、夕侑は生まれて初めて、心の底からオメガの幸せに身を任せられたのだった。

＊　＊　＊

夕侑の部屋は、屋敷の一階の南側にあった。

広くて落ち着いた洋室には、生活に必要な家具とシングルベッドがひとつある。

窓辺に立ち、陽が落ちてすっかり暗くなった庭を眺めながら、夕侑は獅旺がこの部屋にやってくるのを待っていた。

「あとでいくから」

一緒に夕食をすませた後、彼はそう言いおいて、屋敷の三階にある自分の部屋へといったん戻っていった。

夕侑の手の中には、サニーマンのストラップがある。

いつもお守りとして持っていたヒーロー。彼の代わりに、一生大事にしていくつもりの宝物だった。けれど、本物のヒーローがやってくる日がくるなんて。

自分に訪れた幸せがまだ信じられない。

夜空に瞬く星を見ていたら、ドアがノックされた。

「はい」

返事をして扉をあけると、そこには室内着に着がえた獅旺が立っていた。

「俺の部屋にいこう」

夕侑の手を取って、廊下へと誘う。

「獅旺さんの部屋に？」

「そう。さっき、管理人に掃除させたから、きれいになってるんだ」

「この別荘に、獅旺さんの部屋があったんですか」

「ああ」

獅旺は夕侑の手を引いて屋敷の奥に進み、廊下のつきあたりにあった階段をのぼった。

今まで一階のみで生活していた夕侑は、上階にきたことがない。物珍しく周囲を見渡しながら三階まであがると、短い廊下の先に樫の扉がひとつあらわれた。

「ここが俺の隠れ家だ」

獅旺が扉をあけて、夕侑を先に中に入れる。

「うわ……」

そこは二十畳はある広い部屋だった。ソファセットに大きなテレビ、奥にはセミダブルベットがおいてある。

天井には傾斜があり、窓は屋根裏によくある外にせり出したデザインになっていた。それが南北にふたつずつ並んでいる。全体的に白を基調としたシンプルな造りで、けれどとてもお洒落だった。

「すごい。すてきですね」

壁際の棚には本やＤＶＤがぎっしりとつめこまれている。ほとんどが海外のヒーローシリーズに関するものだ。

「この部屋には、俺の好きなものばかりおいてある。別荘にきたときは、ここでひとりでゆっくりすごすんだ」

「……え？　そんな大切な場所に、僕がきてもよかったんですか」

部屋を見渡しながらたずねた夕侑に、獅旺が微笑む。

「お前は俺の一番好きなものだから。きてくれて嬉しいよ」

真っ直ぐな気持ちを告げられ、胸が熱くなる。ギュッと手を握りしめると、ストラップを持っていたことを思い出した。

「あ、そうだ。これを」

人形を差し出すと、獅旺がちょっと驚く。

「懐かしいな。ずっと持っててくれたのか」

ストラップを手に取って、しみじみと眺める。

「はい。これを、お返ししなきゃと思って」

「返す？　どうして」

「もともと、獅旺さんのものですし。大切な宝物だって聞いていましたから」

獅旺が微苦笑した。

「これはお前にやったつもりだったんだけどな」

「そうなんですか」

「ああ。俺が持ってるより役に立ちそうだったから」

「でも……」

「いいんだ。これからもずっと、持ってて欲しい」

夕侑の手にストラップを返して言う。

「ふたりをつないでくれた、大切な記念だからな」

言われて、夕侑はストラップを握りしめた。

「……はい」

獅旺が手をのばして、夕侑の頬に触れてくる。

瞳を伏せると、指先が顎から首輪へと移っていった。首輪の周囲をやわらかく撫でられて、肌が粟立つ。

「獅旺さん」

夕侑はポケットから、ふたつの鍵を取り出した。

「これを、お渡しします。昼間、神永先生から受け取ったものです」

鍵は首輪と貞操帯のものだ。獅旺もそれが何かわかったのだろう。じっと見つめた後に言った。

「俺が外してもいいのか」

「はい」

うなずくと、獅旺は鍵を受け取った。

「じゃあこっちへ」

手招かれて、窓際におかれたベッドに連れていかれる。並んで腰かけると獅旺はふたつの鍵を見比べた。

「こちらが首輪用です」

鍵のひとつを指し示す。

「わかった」

夕侑は首を傾げて、革製ベルトのつなぎ目にある鍵孔を相手に向けた。獅旺がそこに鍵を差しこみ、横に回す。

カチッと音がして、幼いときからずっと自分を守ってきた枷が外される。いきなり首元が心許なくなって、夕侑は少し肩をすくめた。

「陽があたっていなかったんだな。ここだけ肌が白い」

獅旺がそっと首に触れる。

「――ぁっ」

思わずあげた声に、獅旺がすぐに手を引いた。

「発情期は？」

「あ、えっと、三日前に終わりました」

「そうか。俺も抑制剤は飲んできた」

けれど、獅旺の瞳には欲望の淡い色がある。どうしてなのかとじっと見つめて、気がついた。

獅旺の情欲は、オメガのフェロモンにあてられたわけではなく、夕侑を愛おしいという想いからわいて出ているのだ。それがわかって、胸が熱くなった。

獅旺が夕侑の両腕を掴んで、顔を近づけてくる。口づけられるのかと思った夕侑は目をとじた。けれど獅旺は口には触れずに、いきなり首元に唇を押しつけてきた。

「――あッ」

獣人の長めの舌で、ぞろりと舐められると全身が総毛立つ。

感じやすい皮膚を舌先でこすりながら、獅旺が熱を含んだ声でささやいた。

「下の鍵も、俺が外していいんだな」

「……ぁ、そ、それは。……んっ、じ、自分でも……外せますけど」

「俺が外す」

耳の下から裏側まで、濡れた舌がはいあがる。

「や、ぁ……っ」

ブルッとおののくとそのまま押し倒された。

「俺のことが好きか」

上から見おろすようにして、強い口調で聞かれる。

「……はい」

「なら、もう抵抗するなよ」

「……」

俺様な言い方だったけれど、今の彼からはまるで懇願のように聞こえてしまった。もしかして、この人は夕侑が拒否したり、離れてしまったりするのを怖れているのだろうか。

こんなにも屈強な体躯を持ち、頭脳明晰である人が、運命の相手であるオメガを何よりも失いたくないと願っているのだとしたら。

そうだとしたら、自分はこの人に、本当に心から愛されているのだ。

夕侑は自分から手をのばして、獅旺の逞しい胸に触れた。

「しません。もう、あなたを不安にさせることは」

服の上からでもよくわかる。彼の鼓動が早まっていることが。

「あなたの番になりますから」

言うと、獅旺は身を倒し、夕侑に深く口づけてきた。ギュッと抱きしめられて、獅子のフェロモンに陶酔する。

夕侑も相手の首に手を回した。互いの身体をひとつにするように、長い時間、抱きあってキスをする。

好きだという気持ちがどうしようもなくあふれてきて、心をかき乱す。この人しかいない。もう自分には、この相手しか存在しない。

そうして、心と身体が理解する。

運命が番を決めるのではなく、自分たちが運命を決めるのだと。

出会った瞬間、惹かれあう本能が運命の番を作り出す。互いにとって一番必要な相手を、直感が見つけ出すのだ。

「好きです」

キスの合間にささやく。

心臓が痛むほど、愛している。息をするのも苦しいくらいに。

「あなたが、好き」

「俺も好きだよ」

獅旺が口角を持ちあげて、男らしい笑顔を見せる。

そして夕侑の服を早急に脱がしていき、貞操帯をあらわにした。

貞操帯には、鍵孔がへそのすぐ下にある。獅旺がもうひとつの鍵を孔にさしこみ回すと、かるい音がしてベルトが外れた。

何年ぶりかの開放感に、夕侑は本当にこれからこの人とつながるのだと、緊張と期待の混ざった昂りを感じた。

夕侑にまたがる獅旺も、服を上着から順に脱いでいく。シャツを脱ぎ、下にはいたパンツも捨てて下着も取り去るとアルファ特有の根元に瘤のついた太い性器が現れる。

ついじっと見てしまうと、夕侑の視線に気づいた獅旺が明るい色気を含んだ笑みを返してきた。

「やっと手に入るんだな」

感慨深げに呟いて、夕侑の下腹に手をあてる。そこには白原につけられた傷痕がいくつもついていた。

「もう誰にも触れさせない」

大きな手でなでられて、肌が粟立つ。

「……ん」

傷をひとつずつ確認するように触ってから、下生えへと指を忍ばせる。夕侑の雄はもう、官能に芽吹いていた。

そこに手のひらがそえられ、根元から形をたしかめるようにゆっくりと上までたどられる。

「……は、ぁ、ふ……」

自然と甘い声がもれた。発情していないせいで、頭のどこかが冷静だ。だから自分の反応がとても恥ずかしい。

「いつもと声が違う」

「……ぇ」

夕侑は手を握りしめ、喘ぎを隠すように口元にあてた。

「恥じらっているような、甘えているような声だ」

「そ、そんな、つもりは……」

全然ないというのに。

「いいさ。そのほうが俺も安心する」

そして、勃ち始めた茎を愛おしむようにさすった。

「可愛らしいからな」

「……ぇっ」

可愛いなどという、信じられない言葉に顔が赤くなる。

獅旺は夕侑の反応にかるく笑った。フェロモンに惑わされていない彼は、余裕があって愛情に満ちている。

夕侑もまた、嵐のような毒々しい発情に支配されていないこの状況が、とても不思議で新鮮だった。

こんなに穏やかなセックスがあったなんて。

獅旺が上体を倒して、夕侑の胸に唇をあててくる。小さな突起を優しく吸って、甘噛みした。

「ぁ、ん……ッ」

身をよじると、脇腹にもかるく噛みつかれる。ほんのわずかな痛みは、快感を呼ぶスパイスになる。ピリリとした刺激は、下肢をまた育てた。

獅旺が身体中にキスをしながら、指を性器の後ろにすべらせる。指先をつぐんだ場所にあてて、やわらかくもてあそぶ。発情していないのに、興奮に濡れ始めたそこは、番う相手を待ってうねりながら自ら綻んだ。

「欲しいか」

低く艶めいた声がする。

「……ぇ」

「発情していないときは、欲しくはならないか」

夕侑は熱いため息をもらしながら、首を振った。

「欲しいです」

望んでいるのは、心のほうだ。獅旺に対する恋心が、欲しい欲しいと訴えかけてきている。

「よかった。俺もそうだよ」

獅旺は指を外すと、夕侑の両足を大きくひらいて間に腰を入れてきた。硬い雄茎が、挿されるのを待ちわびる蕾へと押しあてられる。

「――あ」

先端が挿入されると、ぬっぷりと入り口の肉が広がっていった。剛直が粘膜をこする。はやる情欲を制しながら獅旺が身を進めてくれれば、何も知らない奥が、初めての刺激にずくずくと疼いた。

「……ん、ぁ……」

「ああ、熱いな」

獅旺が、たまらないというように短く喘ぐ。そして鋼のように硬くなった己を、焦らすように揺らしつつ抜き差しを始めた。

「や、あ、……ぁ……」

皮膚と粘膜の境目が、獅旺の肉茎でめくられたり押しこまれたりすると、そのたびに甘い甘い感覚が下肢を襲う。

獅旺は夕侑を突きあげながら、耳や首にキスをしてきた。そしてうなじのある一点を探るようにして、舌をはわせる。

「噛んでもいいか」

吐息混じりの熱い懇願に、肌がざわめいた。

「……はい」

すると獅旺の肩に力がこもる。ググッと筋肉が盛りあがり、傾げた顔に獅子の影が揺らめいた。獣化するのかと思ったら、あけた口から犬歯だけがのびてくる。尖った歯の先端を、夕侑の皮膚に食いこませた。

――あ。

牙が皮下に入りこみ、うなじの奥でプツリと嚢が弾ける感覚がくる。じんわりとそこから何かが流れ出て、全身に広がっていく気配がした。獅旺の唾液を取りこんで変化した分泌液が、夕侑の身体を作りかえていくのだ。

「――は、んんっ」

その刺激に、つい相手を咥えこんでいる場所を締めつけてしまう。

「――クッ」

獅旺は唸りながら、筋肉の張った肩を震わせた。

「動いてもいいか」

こらえきれないといった様子でたずねる。

「ん……、いぃ……、です」

夕侑もまた、解放を望んでいた。後孔の奥が彼を欲しがって切なく鳴いている。オメガの本能が、番となったアルファの精を求めているのだ。

「夕侑」

名を呼びながら、獅旺が腰使いを荒くする。すると硬く長い雄茎が濡れた音をたてた。野性的で官能的な響きにさらに煽られる。

「——ああ、もう」

突かれるたびに粘膜が熱くなり、快感が神経を駆け巡った。発情がなくとも、獅旺の荒々しい攻めで全身が揺れ、愉悦に翻弄される。

やがて限界がきたのか、獅旺は数回、肉角を限界まで突きこむとブルブルッと奮わせた。

「——ッ、く」

獣人の太い性器が放埒する振動に、夕侑もまた身体の奥深くから快楽の波にさらわれて、絶頂へと導かれる。

「……ぁ、イく……っ……」

弾けるような、キラキラした甘美な感覚が、肉茎の先端からほとばしった。

未知の衝撃に、全身を震わせる。

「……あ、ァア……ぁ、んんっ——……」

遂情と同時に、下腹が熱く濡れたのがわかった。

「…………は、ぁ……っ……」

やわらかな気持ちよさが、全身を満たしていく。まるで身体が蜜になって蕩けていくようだ。こんなにも自然なオルガズムは初めての経験だった。

「夕侑」

獅旺が牙を抜いた場所を舐めてくる。夕侑は両手で、相手の頭を抱きしめた。

「――獅旺さん……」

すごく幸せで、すごく開放的な気分だった。

運命のアルファにとらわれて、これからは彼だけのために生きていくというのに、以前よりずっと解放された気持ちになる。

「愛してるよ」

耳元で、番となった男が優しくささやく。

「……僕もです」

答える声が、甘く掠れた。

獅旺が愛おしむように何度も口づけてくる。離れるのが惜しいというように、抱きしめる手をゆるめず、唇、頬、そして首筋へ。自分がつけた傷を舌先でたどり、繰り返しキスをした。

夕侑も離れがたくなり、獅旺の髪の中に指を入れる。ひとつにつながったまま、いつまでもそうやって戯れた。

不思議な感覚だった。ふたりとも欲望の嵐は過ぎ去っていたから、それはセックスというよりも、どちらかというとじゃれあいのようで、こんな事後のひとときが存在することも、今までの自分は知らなかった。

触れあう甘い時間が嬉しくて、愛おしくて、胸がいっぱいになる。自然と瞳が潤んで、眦から雫がひと筋こぼれた。

「噛んだところが痛いのか？」

獅旺が涙に気づき、たずねてくる。

「大丈夫です」

痛みはあったけれど、満足感のほうがずっと大きかった。

「嬉しくて」

これから先、こうやって一緒に生きていけることが。そして、もう苦しむことなく発情を迎えられることが。

夕侑の言葉に、獅旺が微笑む。

「嬉しいのは俺も同じだ。やっと、お前の愛を独り占めできるんだから」

頬が赤くなるような甘い台詞をささやき、また口づける。

ついばむようなキスを繰り返して、濡れた目元を指でやんわりなでた。

その優しい指先を感じながら、目をとじる。

番となった人の腕の中で、夕侑は変わってゆくであろう幸福な未来に、ゆっくりと身をゆだねた。

＊　＊　＊

鼻先をくすぐる、ふわふわした感触に、眠りからゆったりと目を覚ます。

南側の窓からは朝日が差しこみ、部屋の中には明るい陽光が満ちていた。

壁の時計は午前七時を指している。夕侑は目を瞬かせ、枕元まで伸びてきている日光に目を細めた。

「……ん」

あれからふたりは何度も抱きあい、そのまま夜を越したらしかった。

眼前には、黄金色の獣毛がある。

「……ぁれ」

夕侑の隣では、大きな獅子が寝そべっていた。

まだ眠っているらしく瞼はとじられ、すうすうという寝息に腹が上下している。

「獅旺さん……」

セミダブルベッドのほとんどを占領する大柄な獣に、夕侑は裸体を包まれていた。

獅子の毛足はしっかりしていて、もふもふしていて暖かい。そっと指先でなでてみると、なめらかな感触に思わず笑みが浮かんだ。

今まで夕侑は、こんな風にネコ目の動物と触れあったことがなかった。だからその心地よさも知らないままだった。

獅子の胸元に顔をうめて、たてがみを指ですけば、コシのある毛がむき出しの肌に触れて何ともいえずくすぐったい。猫好きの人が猫にいやされる気持ちが初めて理解できた気がした。

そうしていると、獅子の耳がピクピクと動く。前足を動かしてブルリと身を震わせたかと思ったら、その瞬間ヒトに変化した。

「……あ」

もっと触れていたかったのに。

少し残念に思いながら顔をあげると、寝起きの獅旺と目があった。

「……寝ながら変身してしまったようだな。怖くなかったか？」

心配げにたずねられて、夕侑は微笑んだ。

「いいえ。ぼわぼわしていていやされました」

「ぼわぼわ？」

「たてがみが」

「ああ」

獅旺はちょっと恥ずかしそうにしながら身を起こした。

「怖くないのならよかった」

そして窓の外に目を移して言う。

「もう朝か」

「はい」

「よく眠ったみたいだな」

「そうですね」

窓の向こうは晴天だ。レースのカーテンを通して庭の木々が見えている。

「今日は天気がいい。どうだ、朝食の前に少し散歩に出ないか」

「え」

「別荘の裏に、雑木林が続いている。ここにきたときは、いつもそこを朝方に駆けにいくんだ」

「でも、僕は……」

いつ発情するかわからない状態で、敷地の外に出るのはまずいのではないか——と、そこまで考えて、気がついた。

もうその心配はしなくてもいいのだ。

「俺さえそばにいれば、大丈夫だろ」

夕侑の憂いが何かわかったようで、獅旺が微笑む。

「ええ、……そうですね」

獅旺さえいてくれたら。これからは、どこへでも心おきなく出かけていけるのだ。

その喜びがじわじわとわいてくる。自然と笑顔になると、獅旺が夕侑の肩を抱きよせた。

「散歩をして、朝食をとって、それからゆっくり、ふたりのこれからについて考えていこう」

「これから……」

「そうだ。お前も俺も、やりたいことがたくさんあるだろう。それを、一緒に計画していくんだ」

ふたりの夢を、共に叶えていくために。

そう言うように、顔を近づけて夕侑の頬にキスをする。甘い仕草に心がときめいた。

明るい朝にそばにいてくれる恋人。こんな日が自分にくるとは、以前は考えもしなかった。

「はい」

夕侑が幸せに微笑みながら答えると、相手も凜々しい笑顔を見せる。その姿は明るい未来へと夕侑を導いてくれるヒーローのようだ。

「じゃあ、出かけるか。俺は獅子になっていく」

「わかりました」

夕侑は急いで服を身に着けた。それからふたりで屋敷を出て、敷地の裏に広がる林へと向かう。

朝方の空気は肌寒かったけれど、澄んでいてとても気持ちがよかった。

獅旺が先導して、木々の中を走り抜けていく。黄金色の獣姿は悠々としていて力強く、王者の風格に満ちていた。あの美しい獣が自分の番なのだと思うと、胸に熱いものがこみあげてくる。

もう、獅子を怖いとは思わなかった。

それよりも愛おしいという気持ちのほうがずっと強く心を占めている。

獅旺は夕侑の元へと戻ってくると、じゃれつくように周囲を回った。夕侑は腰をかがめてたてがみに触れ、それから大きな口にキスをした。すると獅旺も舌を出して顔を舐めてくる。

夕侑のことが好きでたまらないという仕草に、くすぐったくて思わず声を立てて笑えば、獅子も嬉しそうに尾を振った。

穏やかな朝の光がふたりを包んでいる。

頭上からは、鳥たちの明るい鳴き声が聞こえてきている。

まるでふたりの未来を祝福するかのように。

朝日が輝く中、楽園にいるような幸せに夕侑が心からの笑顔をみせると、獅旺もまた楽しそうに、喉を鳴らして応えてきたのだった。

【終】

偏愛獅子と、蜜檻のオメガ

《書き下ろし番外編》

初めて夕侑と出会ったときの衝撃を、獅旺は今でも鮮明に憶えている。

それは入学式前日の、学生寮の玄関先だった。

新入生の入寮手続きは数日前に終わっていたが、オメガ奨学生である彼は入寮日を他の生徒とずらしていたのだろう。彼と、保護者代わりと思われる施設の職員が受付横に立っていた。

獅旺は玄関の外から、ガラス扉越しに彼を見つけた。

夕侑たちの前には、理事長と学校医の神永がいて、何かを説明している。それを彼は、少し緊張した面持ちで聞いていた。

艶のある真っ直ぐな黒髪に、黒曜石のような瞳。ほんの少し幼さの残るなめらかな頬のラインと、大きすぎる制服から出た細い首。そこには太くて黒い首輪がはまっている。

いかにも新入生といった初々しい雰囲気を漂わせ、寮の中を見渡す顔には、新生活に対する期待と不安がありありと浮かんでいた。

――ヒト族オメガ。

平凡な容姿ながら、獅旺はまるで希有な宝石を見つけたかのような衝撃を覚えた。

――あのオメガは。

普通ではない。今まで見てきたどのオメガとも違う。

瞬間、身体を深い情動が駆け抜けた。

血液が沸騰し、オメガフェロモンを嗅いだわけでもないのにバーストしそうになる。

「――っ」

獅旺は自分の手を、もう一方の手で押さえこんだ。呼吸をとめて全身に力を入れないと、いきなり獣化しそうだった。

こんなところで獅子に変化して、玄関に飛びこんだりしたら大変だ。慌てて身をひるがえし、寮の入り口から離れる。早足で並木道を進んで、誰もいない木陰へと向かった。

見ただけでこんな変化が起こるオメガは初めてだ。あれはもしかして、『運命の番』というやつではないのか。

「……いや、まさか」

獅旺は歩きながら首を振った。

運命の番に出会える確率は非常に低いと聞く。その相手がこれほどいきなり、目の前に現れるものなのか。偶然だとしても、同じ学園で。

あるいは、ただ単に珍しいヒト族オメガに遭遇したから、アルファ性が反応してしまっただけなのかも知れない。

大きな欅の木を見つけると、太い幹に背中でよりかかる。胸に手をあてて、ゆっくりと呼吸を整えた。

「……」


けれど、もしも本当に運命の番であるならば。

彼も自分を見たときに、同じ感覚を味わうはずだ。

気持ちが落ち着いてくれれば、冷静に物事も考えられるようになった。

だったら確かめてみればいい。

彼が入寮するのなら、これからふたりきりで話をする機会もあるだろう。自分は寮長だし、理由をつけて個別に会うことだってできる。

そう考えた獅旺は目をとじて、清純そうでありながら、妖しげな魅力も内包するあの新入生の横顔を、もう一度思い浮かべた。


——しかし、事態はそう簡単にはいかなかった。

獅旺の思惑に反して、夕侑はまったく彼に近よろうとしなかったのだ。

運命の相手だったら無条件に惹かれあうはずなのに、彼はどうしてか獅旺を見ると怯えて逃げていく。ちょっと話しかけようとしただけで、肩を飛びあがらせて走り去られたこともあった。

大げさにも見える反応に、残されたこちらは呆気にとられて立ち尽くすしかない。

自分に何か悪いところがあるのか。強面と言われる見た目のせいなのか、それとも威圧感があると指摘される話し方か。副寮長の白原には、懐いて可愛い笑顔を見せているというのに。

怖がる理由を知りたかったが、本人が避けまくるので話にならなかった。

日々、獅旺から逃げ惑う姿を見ていると、腹の底からムラムラと怒りとも悲しみともつかない感情がわいてくる。

学園の生徒らは皆、新しくきたオメガ奨学生に興味津々だ。素行の悪い生徒などは、どうやって教師にバレないように攫うことができるだろうかと、いつも相談しあっている。そして発情耐久訓練ごとに、彼らの欲求は強くなっていた。

このままではまずい。自分がモノにする前に誰かに取られてしまう。

——あれは俺のオメガだ。

訓練時に、檻の中で怯えて身を縮ませる姿を見るたび、身体が焦燥感で燃えるようだった。涙目になって震えながら、それでも濃厚なオメガフェロモンをまき散らす彼には、無垢と妖艶が同居している。それがどれほど扇情的で、アルファ獣人の情欲を誘うのか、本人は多分わかってない。

早くしないと。早く、自分だけのものにしないと。

避け続ける夕侑に業を煮やした獅旺は、白原の手を借りることにした。まったくもって不本意であったが、他に手立てがないのでしょうがない。獅旺は白原に、『オメガ奨学生を密かにモノにする』と誘いかけた。

副寮長はすぐに話に乗り、『君にもそんな優等生らしくない一面があったなんて驚きだね。でもまあ、あのオメガじゃあ仕方ないか』と言ったが、獅旺は彼を利用して夕侑をシェルターまでおびきだすことしか考えていなかった。

シェルターに入り、ことに及びそうになる前に、何でもいいから理由をつけて白原を追い出すつもりでいた。そうすれば、邪魔が入ることなく夕侑と向きあえる。その後、発情を自分がなだめれば、彼だって理解するはずだ。

自分の運命の相手が誰であるか。

それを考えるだけで、鳥肌が立った。

彼が自分のものになる。

あの、見るからに華奢で蠱惑的なオメガが、自分だけのものになる。

きっと世界が変わるだろう。夕侑が自分だけに微笑むようになれば、今までと人生が変わる。恋とか愛とか、そんなものにはまったく縁がなかったが、これからは味気ない日々が彼という彩りで輝くだろう。

そう思っていたのだが、獅旺は自分が大きな失敗を犯したことを後から知ることとなった。

夕侑はシェルター内で、最後まで、獅旺に心をひらかなかったのだ。

それどころか、事後は以前よりひどく獅旺を怖がるようになって――……。

＊　＊　＊

「獅旺さん」

優しげな声に呼ばれて、夢うつつの状態から覚醒する。

重い瞼をあげれば、目の前に少し心配げに自分を見おろす恋人の姿があった。朝日を背後から浴びて、白い肌が輝いている。

「大丈夫ですか？　何だか寝ながら不機嫌そうに唸ってましたけど」

そっとひたいに触れてきた手を、思わず掴んだ。

「獅旺さん？」

現実だ。ちゃんとここにいる。

細くてやわらかな手は温かい。

「夕侑」

「はい」

今し方まで見ていた夢を忘れたくて、獅旺は思いついたことをたずねた。

「今日は、寝てる間に獣化しなかったか」

それに夕侑が大きな瞳を瞬かせ、にこりと微笑む。

「大丈夫です。ずっとヒトのままでしたよ」

「そうか。ならよかった」

獅旺も笑みを返した。

ふたりが一緒に夜をすごしたベッドには、窓からの明るい陽光が差しこんできている。ここは御木本家の別荘の三階にある、獅旺の自室だった。

獅旺と夕侑が番になって、三日がすぎていた。

掴んでいた手を離して、素裸の夕侑を抱きよせる。自分もまた何も身に着けていない。腕の中により添ってくる細い肩に安堵して、そっと口づけた。夕侑が恥ずかしそうに小さく身じろぐ。

一緒に眠るようになり、獅旺は睡眠中のことを気にするようになった。今まではひとり寝だったから、森を駆ける夢を見ていつの間にか獣化していても気にしなかったが、今はそうはいかない。寝ている間に夕侑を押し潰してしまったら大変だと、少し緊張気味だ。

これにも慣れていかないといけないが、それは獅旺にとって負担ではなく、むしろ楽しい訓練であった。

「もうそろそろ起きるか。朝の散歩に、今日もいくか?」

「はい」

時計は七時を示していた。獅旺は獅子に変化し、夕侑は着がえて、日課となった朝の散歩に出かけた。

夕侑の見守る前で、雑木林を気のすむまでひとしきり駆け巡り、一緒に木々の間を散歩していく。そうやってかるい運動を三十分ほどして満足した後、別荘に戻った。ヒトになって服を身に着け、朝食をとるために食堂に向かう。

この別荘の食堂は、二十人ほどが一度に食事できる広さがある。そこでは、使用人の羽田(はだ)夫妻が朝食を準備していた。

「おはようございます、坊ちゃま、夕侑さん」

「おはよう」

管理人の羽田と夫人が、膳を整えながらこちらに挨拶をする。

「おはようございます、羽田さん」

獅旺は夕侑と一緒に、大きなテーブルの隅に座った。

夕侑と羽田夫妻は、二年半一緒に暮らしていたため、ずいぶんと親しくなっている。夕侑のオメガ性の事情もきちんと理解している羽田夫妻は、ふたりが番になったことも喜んでくれていた。

「今日は天気がよろしゅうございますね。お出かけには最適ですよ」

羽田夫人が、給仕をしながらふたりに話を振った。いかにもおかみさんといった雰囲気のふくよかな彼女は気さくな性格で、母親のように夕侑のことを何かと気遣っていた。

「そうだな。じゃあ今日はどこかに出かけるか」

焼き鮭や味噌汁が並んだ膳に箸をつけながら言うと、夕侑がちょっと驚いた顔をする。

「どこへですか?」

「どこでも。どこかいきたいところがあるか」

「……僕がいけるところは」

と考えこんだので、獅旺は口元をほころばせた。

「どこでもいけるだろう」

その言葉に、夕侑が「あ」と小さな声をあげる。

「そうでした」

まだ自由の身になったことが実感できないらしく、時々こんな反応をする。それが可愛かった。

「よかったですね、夕侑さん」

羽田夫人が、ふたりにお茶を渡して言う。

「夕侑さんが、坊ちゃまの運命の相手だったとは、ここに夕侑さんが連れてこられた二年前は、思いもしませんでしたよ」

彼女は世話好きな人柄で、しかも話好きでもあった。

「でもね、私はね、いつからかそんな気もしてたんですよ」

「え？　どうしてですか？」

羽田夫人は五十路を越えているはずだったが、乙女のような顔つきになって言った。

「だって、獅旺坊ちゃまは、いつも用もないのにここに電話をかけてきていらしてましたから」

「――ッ」

彼女の言葉に、お茶を吹きそうになる。とっさに拳を口にあてて咳きこむのをこらえた。

「え？」

夕侑が目をパチクリさせて羽田夫人にたずねる。

「いつも電話を？」

「ええ。別荘の様子はどうだって、預かってる奨学生は何してるかって」

「……羽田さん、それは」

獅旺がむせながら口を挟むと、彼女がハッと頬に手をあてた。

「あらごめんなさい。嫌だ、私ったら、口どめされてたのをすっかり忘れてましたわ。歳のせいかしら。ああ、すみません、坊ちゃま」

「……いや」

本当に忘れていたらしい。悪気はないようなので、謝罪する彼女にそれ以上は何も言えず、獅旺は引きつった笑いだけを返した。

彼女が厨房に引っこむと、大きな瞳をさらに大きくした夕侑がこちらを見てくる。獅旺は目を伏せて疚しさから逃れようとした。

「獅旺さん」

「……うん？」

湯飲みをじっと見つめて返事をする。

「あの。僕のこと、いつも羽田さんにきいていたんですか」

口調には何の含みも感じられない。それで、彼がただ単に疑問に思っただけなのだとわかった。

「ああ、まあ」

しかし本人に無断で様子を探っていた獅旺は、後ろめたさに歯切れ悪く答えた。

「……どうして」

「気になったから。聞かずにいられなかったんだ」

チラと相手を見れば、別段気を悪くしている様子はない。それどころか、わずかに頬を染めていた。

「元気なのか、足りてないものはないか。毎日、何をしてすごしているのか、気になって」

「そうだったんだ……」

怒ることなく納得する姿にほっとする。

実は本人に伝えるつもりはなかったが、獅旺はかなり頻繁に羽田に連絡を入れていた。夕侑の動向が気になって仕方がなかったからだ。

ここでの生活に不満を覚えて出ていきたいと言い出さないかとか、外のアルファと何かの拍子に知りあって仲よくなったりしないかとか、日々心配しながら暮らしていたため、生活の細部まで報告させていた。それはもはやストーカーと言っていいくらいで、自分でも思い返せば引くほどだ。

「でも、それだったら、会いにきてくれても、よかったんじゃないですか……」

少し唇をとがらせる姿が可愛くて、尻尾が勝手に出てピンと張りそうになる。嬉しいときの獅子の反応だ。しかしそれをぐっと我慢して答えた。

「いや。そうしたかったんだが、俺のほうの事情がまったく片づかなくて。それがすむまでは、こないでおこうと決めていたんだ」

言い訳を口にしながら、会えなかった二年半のことを思い返す。

獅旺の事情とは、主に両親についてだった。

夕侑との関係を親に認めてもらうために、獅旺は非常に多くの労力と月日を要していた。特に父親は頑固で、オメガとの番契約に強く反対した。

父親を説得する際、獅旺は『自分の番候補は彼しかいないが、番になれるかどうかはわからない。相手のオメガは、自分と番になるつもりはないと言っている』と話した。

夕侑とは番になれなくとも、ずっと近くで見守るつもりでいて、もしも彼に他の番ができれば、その時は自分は生涯、番なしで生きていくつもりだとも言った。

父親は獅旺の話に困惑し、そこまで彼に執着する理由に理解を示さなかった。しかし父は父で、もしかしたら息子にいつか別の結婚相手を宛てがうことができるかも知れないと目論んだらしい。それで最終的には、『将来、グループ事業を倍に拡大させられるのなら、その生き方を許そう』という妥協案を出してきたのだった。

父にとっては残念なことに、その思惑は外れてしまったのだが、獅旺は約束を守る自信はあったので、親子間の問題は一応の決着がついていた。

「獅旺さんの事情ですか」

「そう。だがすべて解決した。だからお前に報告にきたんだ」

夕侑の卒業までには何とか間にあわせようと、自分の優秀さを父に示すため、学生を続けながらグループ内の企業で仕事もした。

それもこれもすべて彼のためだった。

「そうだったんですね」

会いにこなかった理由に納得した夕侑が、微笑んで深くうなずく。

獅旺はもうその話題はやめにしようと、窓の外の晴れた空に目を移して言った。

「今日は本当に天気がいいな。車でどこかにでかけようか。さっきも聞いたが、いきたいところはあるか？」

たずねると、夕侑は箸をとめて少し考えこむ。

雪が消えかかった庭をしばし眺め、それから思いついたように言った。

「人の多いところに、一度いってみたいです」

「人の多いところ?」

変わったリクエストに、首を傾げる。

「はい。……僕、ここにきてから、外出は羽田さんと近くの商店街にしかいったことがないんです。人混みはもう何年も経験がなくて。これから普通に生活していくのなら、そういう場所にも慣れなきゃならないし、それに、発情を気にしないで、獣人の中を歩くのはどんな感じなのか、ちょっと味わってみたいです」

言いながら、首輪のなくなった首筋を手でさする。

「そうか。お前にとっては、普通の生活も新鮮なんだな」

「ええ。初めての経験です」

「なら、市内にでてデートでもするか」

「デート?」

目をみはってこちらを見てくる。

思いがけない提案にポカンとし、それからみるみる頬を赤くした。

「……デート、ですか」

「ああ」

「デート……」

初々しい反応に、愛おしさがわいてくる。すぐにでも獣化して甘噛みしてやりたくなるが、そこは冷静さを強いて我慢した。夕侑の前では、いつも紳士的なアルファ獣人として尊敬されていたい。

「じゃあ、食べ終わったら、支度をしてでかけよう」

「はい」

食事を終えると、お互い自分の部屋に戻り、上着を羽織ってきてから外のガレージに向かった。

別荘の広いガレージには三台の車がある。その内の一台が、獅旺のスポーツカーだった。

「素敵な車ですね」

遠慮気味に近づく夕侑に、助手席のドアをあけてやる。彼はぺこりとお辞儀をしてから乗りこんだ。獅旺も運転席に座りエンジンをかける。そうして別荘を出発した。

車で移動する間、夕侑はずっと物珍しそうに窓の外を眺めていた。まるで初めてドライブに連れていってもらう子供のようだ。

やがて車は一時間ほどで市内に到着し、獅旺は駅前の駐車場に車をとめた。

今日は平日だが、春休みなので人出が多い。駅前にはショッピングモールや百貨店が並び、その先の大通りには商店街が続いていた。

「ここにくるのは初めてか？」

「はい。きれいですね」

春先なので、桜や桃をモチーフにした飾りつけが、店先や街灯にたくさんある。特にショッピングモール入り口には、春をテーマにした巨大なオブジェが高い天井から吊るされていた。

夕侑はそれをキラキラした瞳で見あげた。

「すごい。華やかですね……」

「そうだな」

普通の人間なら目にとめることもないであろう、ひとつひとつの飾りに驚く姿がいじらしい。周囲の装飾に気を取られながら、夕侑がどんどん先へと進んでいく。獅旺も店に並んだ商品に目がいって、彼から少し離れた。

すると、前からきた大柄な男に、夕侑がぶつかりそうになってしまった。

「——あ、すみません」

慌てて避けると、男が夕侑をチラと見おろす。相手は見るからに厳ついアルファ獣人で、驚いた彼は必要以上に身を竦ませた。

男はいぶかしげな顔になったが、すぐに笑顔になって、「気をつけて」と一言添えて去っていった。

「大丈夫か」

追いついて声をかける。

「え、ええ。大丈夫です。すみません」

夕侑は戸惑いながら謝った。

「はしゃぎすぎました。それに、あんなに怖がる必要もなかったのに、失礼なことしてしまいました」

シュンとする姿に、つい笑みを浮かべてしまう。

「そうだな。もうアルファ獣人はお前に何もしない。俺以外は」

背中にそっと手をあててささやくと、夕侑は獅旺を見あげ、言葉の意味を理解して頬を染めた。

「そうですね。……慣れないといけないですね。でなきゃ、獅旺さんにも迷惑かけてしまうから」

耳まで赤くした姿を可愛いと思いつつ、獅旺はこれから先、この可愛いヒト族をどうやって守っていけばいいだろうかと考えた。

春休みが終われば、自分は大学があるから都内の自宅に戻らねばならない。自宅は大きな屋敷だが、両親が一緒に住んでいる。そこに夕侑を連れていって、同居させるのは可哀想だろう。同性婚は認められているから、将来は結婚するとしても、それまではどこに住まわせようか。

考えながら歩く間、隣の夕侑はモール内の店を興味津々に眺めていた。視線の先には服屋に雑貨屋、靴屋がある。

「何か欲しいものがあるか」

たずねてみるも、首を振るだけだ。

「今必要なものは、別にありませんから」

長年質素な生活を続けてきた彼は、物欲というものを知らないらしい。

「そうじゃなくて、欲しいな、買いたいな、と思う品はないのか」

言うと、澄んだ瞳をこちらに向けてくる。

思わず買ってやろうかと言いかけて、その台詞をのみこんだ。夕侑はそういうことを喜ばない。

昔まだ学園にいたころ、獅旺は彼のために栄養剤を取りよせたことがあった。しかし夕侑は高価だからと、受け取りを拒否しようとした。遊園地にいったときも入園料は割り勘にしようとした。

彼が人一倍、他人に迷惑をかけることを嫌う性格であることはよく知っている。

だから獅旺は別のことを言った。

「これからは、アルバイトをしたりして、自分で稼ぐことができるようになる。そうしたら、欲しいものも自由に買えるようになるぞ、きっと」

その言葉に、夕侑はパッと表情を明るくした。

「アルバイトですか」

「バイトはしたことあるか」

「いいえ、ないです。できるなんて考えたこともなかったから」

胸に手をあてて、感激したように深呼吸する。

「働いて、自分で自由になるお金を稼ぐことができるようになるんですね、僕」

「ああそうだな」

「そっかぁ……」

嬉しそうに顔をほころばせるのを見ながら、獅旺は密かに、アルバイトをするのならどんな職種がいいだろうかと考えた。

もちろん、そのときは自分も一緒に働くつもりだった。まだ社会復帰したばかりの夕侑は、端から見ているとかなり危なっかしい。

そうなるとやはり、離れて暮らすのは不便だな、などと考えていたら、映画館の入り口にきたようだった。

たくさんの客が、券売機の前に並んだり、上映時間を示すパネルの近くで話をしたりしている。

「このモールには映画館も入っていたんだな」

何気なく壁に掲げられたポスターに目をやると、以前観たことのある海外のヒーロー映画がリバイバル上映中と宣伝されていた。

「夕侑、お前、この映画は観たか？」

ポスターを指差して聞く。

「いいえ」

映画館の中を、興味深そうに見ながら答える。

「もしかして、映画を観たことないとか？」

「いいえ。映画くらいは観たことありますよ。小学校のときに講堂で。あ、公民館で上映されたアニメも、施設の子らと一緒にボランティアの人に連れてってもらったことがあります」

「そうか」

「でも、映画館には入ったことないですね……」

本人は気にしていないようだったが、獅旺はその言葉にいささか複雑な感情を抱いた。

観たい映画があって、それを映画館に観にいくということも知らないとは。

「じゃあ、一緒に観ないか。これ、面白かったぞ」

何でもいいから喜ぶことをしてやりたくて誘うと、驚きに目をみはる。

「今からですか」

「そうだ。ちょうど始まる時刻になる」

手を引いて、券売機の前まで連れていった。

「で、でも僕、今日はあんまり財布の中に……」

「いい。卒業祝いだ。今日は全部俺がおごる」

何かしらの理由をつけないとおごらせてくれないことはわかっていたので、強引に話を進める。

素早く入場券を買って手渡すと、恐縮しながら受け取った。

「すみません、ありがとうございます」

「いいんだ。これくらい」

自分ができる些細なことだ。

夕侑は手にした券を珍しそうにまじまじと眺め、劇場前でスタッフに半分に切られると、残った半券を笑顔で大事にポケットに入れた。

その姿に、初めての映画館を楽しんでくれていることがわかって、嬉しくなった。

ライトのついた劇場に入り、指定席に並んで座る。座席に落ち着くと、獅旺は横にあった夕侑の手をさりげなく握った。

「獅旺さん」

するとちょっと困り顔で言ってくる。

「……あの、人が多いので、それは、恥ずかしいです」

つないだ手を外そうとするので、獅旺は手に力を入れた。

「何だ。知らないのか。映画ってのは、恋人同士は手をつないで観るものなんだぞ」

「そうなんですか？」

「ああ」

至極当然といった顔でうなずくと、夕侑は目をパチパチさせて、それから周囲を見渡した。

「でも、他にそんなことしてる人、いませんよ」

そして「あ」と何かに気づいたように声を出す。

「からかってませんか。僕が何も知らないと思って」

小声で抗議するのに、獅旺は耳元に唇を近づけて言った。

「本当は俺がつないでいたいんだよ」

絡めた指先で、夕侑の指の間をゆっくりとさすれば、エロい動きにわかりやすく顔をボッと赤くする。

「……じ、じゃあ、仕方ないですね」

と呟いて、もう抗議はしなくなった。

そうしていたらやがて劇場が暗くなり、映画が始まる。

物語はアクション主体のＳＦもので、見せ場には派手な戦闘シーンが盛りこまれていた。

大きな爆発が起こるたび、夕侑がギュッと手を握ってくる。ハラハラしている横顔が可愛くて、獅旺は映画に身が入らなかった。

「すごい迫力でしたね、面白かったです」

二時間近い上映が終わり、劇場が明るくなると、興奮気味に感想を言う。

そしてやっと、「あ」と呟いて手を離した。

「もう、つながなくても構わないですよね」

ずっと固定していたせいで、少し痺れているらしい。手をさすりながら言う。

「何だ、夕侑は俺と手をつなぐのが嫌だったのか」

「そ、そんなことないですよ」

焦る様子に、こっちも頬がゆるむ。にやけ笑いにならないよう気をつけるが、口元に力が入らなかった。

周囲の客が席を立ち始めたので、ふたりも映画館を出て、またモール内をぶらつく。やがて昼時になったので、最上階にあるレストラン街に移動して昼食をとることにした。

「好きなものを食べろよ。今日はお祝いデートなんだからな」

有名シェフの名前が店名になっている一軒に入り、対面の席についてそう言うと、夕侑が嬉しそうにメニューをめくる。

けれどじっと見ているのはデザートのページだった。

きれいに飾りつけられたケーキがいくつも並んでいる写真に、目が釘付けになっている。

そういえば、夕侑は甘いものが好きだった。

「食べたいもの、全部頼めばいいさ」

「どれも美味しそうで、決めるのが難しいです」

真剣な表情で悩む姿に笑みが浮かぶ。

「じゃあ、帰りにいくつか買っていこう。夕食のデザートにもすればいいだろ」

と提案すると、驚いた顔をした。

「贅沢ですよ」

「そうか？」

「ええ。一日に二回もケーキを食べるなんて」

「三回でも四回でも、誰も文句は言わんだろ」

言うとさらにビックリした表情になる。

「ケーキは特別な日に、一切れだけ食べるものなんじゃないですか」

「誰が決めたんだそんなこと」

「施設ではそうでした」

そう答えた後、昔を思い出す顔になってしばし沈黙した。

「……何だか、すべてが夢みたいです」

ひとつ大きく深呼吸をする。

「なら、これからは毎日食べればいいさ。毎日が特別になるだろうから」

対面の獅旺に目をあげて、確認するようにゆっくりとつぶやく。

「毎日が特別に……？」

「ああ」

「だったら、全部、きっと、記念日になりますね」

嬉しそうに微笑む姿に、際限のない愛おしさを感じた。

今までは恵まれずにいた面も多かったかも知れないが、これからは自分がたくさん甘やかして、色々な経験をさせてやりたい。

「ほら。まずは食事だ。いっぱい食べて体力をつけろよ」

「はい」

夕侑はいつも獅旺の半分ほどしか食べない。脱がせばあばらが見えるほどの細い身体は、抱きしめるときいつも力加減に気をつかう。だから獅旺は少しでも太らせようと、彼の好きそうなメニューをいくつも頼んだ。

「こんなに食べきれないですよ」

と驚いたが、結局、大半は獅旺の胃袋におさまって皿はきれいになった。

デザートにケーキも食べて満足した後はまた、街中をぶらついて色々な場所を見て回る。

数時間商店街を散策すれば、夕侑も人混みに慣れてきて、夕刻ごろにはアルファ獣人が通りがかっても平気な様子になっていった。


「そろそろ戻るか」

空が茜色に変わり、風も冷たくなっている。時計は午後五時を指していた。

「はい」

うなずく夕侑から、ほんのわずか甘い匂いがしていることに気がついて、獅旺は鼻をスンと鳴らした。

「夕侑」

「はい？」

「お前、ちょっと、フェロモン出てないか？」

「えっ」

夕侑は瞳を何度か瞬かせて、そういえば、と答えた。

「少し、身体が火照っている感じがします」

「前回の発情期はいつだった？」

「十日前に終わってます。始まったのだとしたら、予定よりずっと早いから……また発情サイクルが乱れたのかな」

「俺が毎日、刺激したせいか」

言うと、夕侑が目元を赤くして、恨みがましく見あげてきた。

「そうかもです」

獅旺は微笑みながら、夕侑の肩を抱きよせた。

「ほら、見てみろ。周囲の様子はどうだ」

夕侑が周りの獣人らを見渡す。

「誰も反応してないですね」

「ああ。皆気づいてない。わかってるのは俺だけだ」

「本当に……」

誰ひとりとして、こちらに興味を示す獣人はいない。

「発情期が怖くないなんて、初めてです」

朝、ここにきたときは緊張気味だったのだが、今はとてもリラックスした様子だ。明かりがともり始めた街並みを、穏やかな笑顔で眺めている。

獅旺も嬉しさに、肩を抱いた手に力をこめた。

より添って歩きながら、駐車場までの道を引き返していく。すると途中でケーキ屋を見つけた。

ショーケースに並んだたくさんのケーキを目にして、獅旺は昼食のときの約束を思い出した。

「そうだ、夕食後のデザートを買っていかないとな」

店のほうにいこうとすると、腕を引いてとめられる。

「獅旺さん、いいです」

「え?」

「ケーキはもう、大丈夫ですから」

「どうして?　また食べたいだろ」

夕侑は微笑んで言った。

「ケーキは、やっぱり、一日一回にしておきます」

「我慢する必要ないんだぞ」

すると、フルフルと首を振る。

「そうじゃなくて。ケーキは僕にとって、贅沢な食べ物なんです。だから、特別な日に一切れだけ。施設ではずっとそうでした。そのことを、やはり忘れたくないんです」

腕をギュッと握られて、獅旺は彼の言いたいことを理解した。

施設でたくさんの不幸になったオメガを見てきた夕侑は、将来は仲間を助ける仕事につきたいといつも言っている。だから多分、自分だけが恵まれた生活をすることに抵抗を覚えるのだろう。

贅沢に慣れてはいけないと自分を戒めている。そういうことなのだ。

「わかった」

獅旺がうなずくと、少しほっとした顔をする。春先の寒風に耐える桜のような笑顔に、獅旺は愛おしさを募らせた。

車に戻り、朝通った道を引き返す。そのころにはもう、あたりは真っ暗になっていた。

夜空には星が輝いている。

それを夕侑は楽しそうに、ずっと眺めていた。

＊　＊　＊

別荘に帰り着くと、獅旺は夕食もそこそこに夕侑の手を引いて、三階の自室に連れこんだ。

華奢な身体からは、砂糖菓子よりも甘く魅惑的な香りが立ちのぼっている。それに煽られて、さつきから我慢ができなくなっていた。

部屋のドアをしめると、すぐに腰を抱きよせる。そして、完熟した桃を思わせる唇にキスをした。

「……ん」

甘い雫がしたたる果実の、やわらかな果肉を潰すように舌で奥まで探り、頬の内側を強く擦る。

「……はっ」

音を立てて舌先を吸い、震える腰を抱きしめた。

「しぉ、うさ……、待って」

夕侑が切なげにまつげを揺らす。

「もうベッドへいくか」

たずねるこっちは臨戦態勢だ。声がうわずる。けれど夕侑は恥ずかしそうに俯いた。

「その前に、シャワー、使いたいです。今日は出かけたから」

「じゃあ、一緒に入ろう」

すると大きく首を振る。

「ダメです。ひとりがいいです」

「なんで」

「だって、……洗うところ、見られるの、恥ずかしいし」

「全部もう見てるんだぞ」

「でもダメです」

変なところで頑なな性格らしく、頼んでも首を縦に振ってくれない。仕方なく獅旺は、部屋に備えつけてあるバスルームに彼だけをいかせた。

夕侑が脱衣所の扉に手をかけると、スマホの音が鳴り響く。彼のものだったらしく、ポケットから取り出して画面を確認して、すぐに文字を打ちこみ始めた。

どうやら誰かからメッセージが届いたらしい。知りあいが少ないので珍しいこともあるものだと、獅旺は焦れながらそれを眺めた。

返事を送ると、またすぐにレスポンスがきたようで、内容を確認して微笑む。嬉しそうな笑顔に、引っかかりを感じた。

「誰から？」

一心に文字を入力する背後から、覗きこむようにして話しかける。

「あ、轟さんからです」

「轟？」

その名前に、獅旺は敏感に反応した。

轟のことはよく憶えている。夕侑の友人で、数年前、遊園地に遊びにいったときに出会った大柄な犬族ベータの男だ。

「ええ。卒業祝いのメッセージがきたんです。ちょっと待っててくださいね。返事を送らなきゃ」

楽しそうにメッセージのやり取りをするのを見ていたら、何だか面白くなくなってくる。

実は獅旺は、この轟という男を密かにライバル視していた。

遊園地で夕侑と親しげに話をして、グリグリ頭を撫でたのを目撃してから、彼に対して非常に狭小な競争心を抱いている。

轟はしかも、ここまで夕侑を訪ねてきていた。応接室で仲よく話をしていたと、羽田との電話で聞いたとき、獅旺はまだ学園に在籍していたのだが、すべてを放り出してここに駆けつけようかと思ったくらいだ。

もちろん、そんな短絡的なことはしなかったが、轟が去った後、一週間ほどは頻繁に羽田に連絡を入れて夕侑の様子を探った。あまりに何度も電話をするので、最後は羽田夫人に仕事の邪魔ですとやんわり注意されたほどだ。

夕侑がここで暮らした二年半、訪問してきた友人は轟ただひとりだった。轟はベータだし、夕侑とは友情だけと聞いていたから番になる心配はしていなかったのだが、晴れて番になった今でも轟に対して敵愾心をおさえることができない。

我が儘な考えとわかってはいるが、恋人が自分以外の男に信頼をよせていることが、どうしても我慢ならないのだ。

これから先、夕侑は社会に出ていくことになるし、色々な人間と知りあって信頼関係を築いていくだろう。だからいちいち気にしていたらきりがないと頭ではわかっている。なのに偏った独占欲が、彼を自分だけのものにして、誰にも接触させずにこの別荘にとじこめたままにしたいとまで思わせる。

獅旺の葛藤にまったく気づかない夕侑は、無邪気に轟とスマホでトークをして言った。

「今度また、会って卒業祝いをしましょう、だそうです」

「へえ」

答える声に感情がこもっていなくて、自分でもビックリする。

「もう返信はいいだろ」

背中から抱きしめ、会話を終わらせるように促した。我ながら意地が悪い。

「あ、そうですね、わかりました」

夕侑がスマホの電源を切ると、獅旺は耳にかじりついた。

「あッ」

そのままうなじを舌でねっとりと舐めあげる。

「っぁ、ぁ……」

抱きしめた手を少し強引にうごめかして、胸や脇腹を刺激した。

「ま、待って、くだ、さ……ん……っ」

服の下に手を入れて、直接肌に触る。

「待てないんだ。さっきからずっと、いい匂いがしてる」

小さな乳首を見つけて、指先でつまむと、「はぅ……」と可愛い声をもらして震える。獅旺は夕侑の上着を脱がせにかかった。

「だめ、です」

「無理だ。もう我慢できない」

「獅旺さん……」

服を乱した夕侑を抱えあげて、性急にバスルームに運ぶ。

「風呂でする」

「え、や……そんな、だめ」

頼みを聞き流し、脱衣所で半分無理矢理に、服をはぎ取った。

全裸になった夕侑を洗面台の前に立たせ、こっちも手早く服を脱いでいく。ウールの上着、シャツ、デニムパンツにボクサーパンツ。全部投げ捨てて裸になると、夕侑は目元を赤くした。彼の股間のものは赤みをおび、いじらしく自己主張をしている。貞操帯をつけていたときも扇情的だったが、この姿も激しく獅旺の情欲をかきたてた。

「お前の発情は久しぶりだから、もう焦らされたくない」

前回、発情期の夕侑を抱いたのは、二年以上前のことだった。遊園地の帰り、いきなり発情した夕侑をラブホテルに連れこんだ。あのときの興奮がよみがえる。

「あっ」

腕を引いて風呂場に入り、壁に背中を押しつけてキスをした。

「……んっ」

顎を掴んで逃げられないようにして、奥深くまで蹂躙する。勃起した自身が夕侑の腹にあたると、獅旺は挿入を予感させる動きで相手の肌に性器をすりつけた。

そうしながら、舌でも口内に快感を与え続ける。

「んぁ、も、……まって。シャワー、だけでも」

呼吸もままならない夕侑が懇願した。

「わかったよ」

シャワーコックをひねり、温かい湯をふたりの頭上に注ぐ。獅旺は湯のしたたる白い内腿に両手をさしいれて、外側にひらいた。

「え、やだ、恥ずかしい」

抵抗するが、獣人の腕力にかなうはずがない。

「自分で洗います」

「待てない」

「でも、でも」

イヤイヤをするように首を振るのを見ていると、どうにも欲情が煽られる。このオメガは自分のものだという身勝手な支配欲が、我が儘に拍車をかけた。

これは発情のせいか。

――いや違う。嫉妬のせいだ。

誰にも触れさせたくない。会話もさせたくない。瞳は自分だけを映させたい。身体は表面も奥も全部、自分のものだ――。

貪欲な情愛の炎で胸が焼かれる。強い眼差しで睨むようにすると、夕侑はビクリと全身を震わせて、反抗するのをやめた。

怖がらせるつもりはなかった。ただ可愛がりたいだけだ。なのに、発情中はうまくいかない。

「夕侑」

獅旺は腿のつけ根に手をあてて、できる限りやさしく性器とその周辺をなでた。嚢をもんで、茎をさすり、先端の小孔をくじる。

「……ン、ぁ……は……」

夕侑の声が甘くなる。すると濃厚なフェロモンも立ちあがる。

この匂い。鼻腔から肺に入り、血流に乗って全身を駆け巡り、アルファを狂わす情愛の劇薬。

「フェロモンのせいだ」

言い訳のように呟いて、手を奥に差し入れた。湯とオメガの淫液で、孔はもう濡れている。つぷりと指を忍ばせると、細い身体が跳ねた。

「あ、……んんっ」

発情しているからか、昨夜よりも反応が鋭い。獅旺は指で中をかき回した。

「や、んッ、――あっ」

背をしならせて、夕侑が抱きついてくる。

「足をとじるなよ」

「うっ……ぅッ」

両足をわななかせて懸命に耐えようとする健気な姿に、バーストしそうになってしまう。

「番になっても……お前のフェロモンは、容赦ないな」

「う……んぁ、は……、はあっ」

指を二本、三本と増やし、軟らかな粘膜をかき混ぜる。

「やだ、も、も、獅旺さ……っ」

「欲しいか」

欲望に抗うように、夕侑は涙目で首を振った。本当は欲しくてたまらないのに、それを知られたくないといった表情だ。まだ理性が残っている姿を見ると、無性にそれを壊したくなる。

全部むき出しにさせて泣かせたい。

獅旺は夕侑の身体をひっくり返すと、壁に手をつかせた。

「お前が欲しくなくても、俺は欲しいよ」

そして自身の硬くそり返った凶器を、尻の狭間に押しあてた。両手で後孔の周囲を割りひらき、グイッと挿入する。

「――あアッ」

夕侑があごを持ちあげ、高い声を発した。

「あ……あ……あぅ……っ」

獅旺の肉茎が進むたび、白い背筋がブルブルと震える。自分のものが皮膚の内側に沈んでいくのを見るのは、たまらなく興奮した。

すべてがおさまると、動きをとめて夕侑が獅旺のもので官能を高めるのを待つ。背骨に沿って指をあてれば、肌がそこからなまめかしく輝いていった。

「……あ、……あ……あっ」

つながった場所がぜん動する。淫靡な動きに、脳髄まで痺れた。

「……て」

「うん？」

夕侑が振り向き、消え入りそうな声で言う。

「して……も、もう、……して……ぇ」

頬を上気させ、懇願する姿に、こちらの理性が先に壊れた。

「——ッ」

華奢な腰をわしづかみにすると、己の刃を一気に引く。そして抜けそうになるほんの手前で、また挿入した。

「——アっ、ツはぁっ」

音を立てて抽挿すれば、夕侑の四肢がガクガクと揺れる。

まずい、手加減しなければ、と思うのに腰がとまらない。

「ああっ、あ、アッ、はぁ」

肌を打ちつけるたび、声が甘くなる。あえぎ声がバスルームに響き、耳からも刺激された。フェロモンが狭い部屋に充満し、めまいに襲われる。

「あ、も、もう、僕……っ」

声をうわずらせて、夕侑が壁に爪を立てた。そして下肢を痙攣させせる。

「……あ、んぁ……ん、んんっ……」

絶頂を迎える瞬間、獅旺のものをきつく締めあげた。思わずこっちも引きずられて際を越える。

「——く、ゥッ」

ドクドクと脈打つ幹から、雄の雫があふれ出た。

獅旺はすぐに抜いて、シャワーでそれを流した。

はぁ、はぁ、と夕侑が息をあがらせている。のぼせてしまったのか、手足に力が入っていない。

「大丈夫か」

「……ん」

小さくうなずくが、これ以上ここにいたら倒れてしまうだろう。

獅旺は手早く夕侑の身体を洗ってやると、自分もシャワーを浴びた。そして風呂場を出て、脱衣所の棚からバスタオルを二枚取り出し、一枚を自分の肩にかけてもう一枚で夕侑をくるんだ。

「あ……」

くったりとなった身体を横抱きにして、脱衣所から出る。そのままベッドに運んで、バスタオルごとシーツに横たわらせた。

「ちょっと待ってろ」

部屋には冷蔵庫もおいてある。冷たい飲みものでも取ってこようとしたら、いきなり腕を掴まれた。

振り返ると、ベッドの上に起きあがった夕侑が、潤んだ目でこちらを見ていた。

「いかないで」

「夕侑」

「続けて。まだ、ぜんぜん、足りてないから……」

白い足を、落ち着きなくすりあわせる。

「水を」

「いらないから」

輝き始めた瞳は、欲望にとらわれていた。そこに理性はない。獅旺の強引な行為で、オメガ性が開花したのだ。

「わかった」

獅旺はバスタオルを放って、ベッドに乗りあげた。すると夕侑が嬉しげに両手をのばしてくる。

期待に満ちた蠱惑的な笑顔は、昼間とは別人のように変わっていた。

「して」

座ったまま抱きあうと、性の化身となった恋人が自分から情熱的に唇を重ねてくる。

「んっ……ん、んふ……っ」

技巧のないキスからは、ストレートな性欲が伝わってきた。

「んんッ」

懸命な仕草が可愛くてしょうがなかった。

口づけを続けながら、相手を自分にまたがらせる。夕侑は自分から大きく足をひらいて、座位の獅旺に乗ってきた。

「ああ……、早く、欲しい」

勃起したアルファの太いペニスを、片手で掴んで自分の後孔に導く。ぬらりとした感触が、先端にきたと思ったら、すぐに温かな粘膜に包まれていった。

「はぁ……ぁ、ぃ、いい……」

獅旺のものが沈んでいくと、陶然とした表情で声を震わせる。淫魔と天使が共存する顔だ。愛らしくもいやらしい。獅旺は我慢できなくなって下から突きあげた。

「――アっ、いっ、やぁ、あァっ」

身を跳ねさせて、よがり声をあげる。

「お前は発情すると別人になるな」

「ああッ、ああ、ああっ」

夕侑は林檎のような赤い頬に汗を滴らせた。

「いつもは大人しくて従順なのに、……こうなると、獣人以上に、獣みたいになる」

けれど獅旺はそれが嫌いではなかった。自分がいなくなると生きていけなくなるんじゃないかと思えるくらい、必死になって求めてくる姿は、たまらなく愛おしい。

もう絶対に手放したりしない。

一生、自分だけのものにして、誰にも触れさせない。

「あぁっ、あん……っ」

片手で相手の腰を支え、もう片方の手で乳首をキュッとつまむ。

「いっ、……それ、いいっ」

小さな粒を指先で少し引っぱり、先端をかるく押し潰すと、身も世もなく身悶える。

「んぁ、はあ、ああ……っ」

獅旺が抽挿するたび、細い腰が揺れた。

「は、も、もう、……も、ダメ」

焦点のあわなくなった黒い瞳に涙がにじむ。快感が極限にまで達したようだ。

忘我の表情で快楽に溺れる様子を堪能するため、獅旺は抜き差しをじらすようにねっとりとしたものに変えた。

「だめ、達(い)く、も、達きそ……」

喉を反らせて、下半身をガクガクと痙攣させる。そうして、ピンと伸びた陰茎の先端から、乳白の雫を弾かせた。

「あ……ああ、……ああっ……あっ」

か細い喘ぎをもらしながら、夕侑が際を越える。勢いよく飛んだ白濁が、獅旺の下腹に降り注いだ。

触れてもいないのに、後ろを抉っただけで簡単に射精する身体に、どうしてか苛めてやりたいという意地の悪い衝動がわきおこる。

可愛がりたいと思う気持ちと同じくらい、泣かせて、もっと欲しいと懇願させてやりたくなる。

それはきっと、さっき感じた嫉妬が尾を引いているせいだ。

自分だけが愛されているという証が、際限なく欲しい。

獅旺は手を伸ばして、夕侑の嚢を手のひらで包みこんだ。そしてもみながら意地悪くささやく。

「これくらいじゃ、まだ足りないだろ」

一度達ったくらいで、発情中の身体が満足しないことはよく知っている。

「……っ、う……ッ」

ペニスの先端から、ボタボタと精が間欠的にこぼれでた。

「それとも、もう十分か？」

問うと、夕侑が顔をあげる。許しを請うように、涙を流しながら首を振った。

「……もっ、と、して、もっと、欲し……」

艶めかしく色づいた目元や唇が、切なげに震える。

それを見た瞬間、獅旺の中で何かが弾け飛んだ。

「夕侑」

つながったまま相手を押し倒し、今度は自分が上になる。

「——ああっ」

きつく抱きしめて、怒張した己の分身を奥深く挿入した。

「あ、はぁ……っ」

「夕侑」

「ああ、ああっ」

「クソッ」

自分の粗暴さに悪態をつく。愛しているのにどうしてこんなにも手荒に扱ってしまうのか。

身体の内側から獣の本性が顔を出し、コントロールできなくなっていく。

まずい。このまま獣化したら夕侑の身体を傷つけてしまう。

獅旺は抱きしめる腕に力をこめた。純粋な愛情だけで発情を鎮めてやりたかった。

「獅旺、さ……」

夕侑が両手を獅旺の背に回して、しがみついてくる。獣化を予期しながらまったく抵抗しない様子に、自分にすべてを委ねているのだと実感した。

「好きに、して」

「夕侑」

「獣になっても構わないから……ッ」

腰を妖しくうごめかして獣化を誘う。獅旺は快楽の中で歯を食いしばった。

「手加減してくれ」

「できない」

撥ねつけられ、しかたなく獅子になる前に相手を達かせようとペニスを掴む。

「——あぅっ」

そのまま抽挿を激しくして、快楽の階を駆けのぼった。

「ああっ、あっ、いいっ……イっっ」

甘美な嘆声に、即座に限界がきた。激しい快感がほとばしり、呼吸もままならなくなる。

「……くッ——ウうッ……」

獅旺は腰をとめて、短い絶頂を貪った。

「……ぁぁッ」

夕侑も同時に達したらしい。彼の陰茎が雫を流し、微細に震える。

「はァっ……ああっ……」

赤く濡れた唇が、満足げなため息をもらした。

「夕侑」

唇を重ねあわせて、吐息を絡める。

「すごい。こんなにすごいの、初めて。……怖い、ぐらい……だった」

「俺もだ」

獅旺は腰を引いて、自分のものを抜こうとした。

しかし、それをギュッと締めつけられる。まるで続きを誘うかのような仕草に、思わず喉の奥で唸った。

相手の瞳にはまだ官能の色が濃く残っていた。オメガフェロモンも薄まる様子はない。

「わかってる。まだ終わりじゃないんだろう?」

「まだ終われないです」

「ああ、わかってる」

二度達した自分は、だいぶ冷静になってきていた。多分もう、獣化することはないだろう。

獅旺はヒト族オメガの番として、欲望を制御する方法を覚えつつあった。

「大好き、獅旺さん……」

獅旺の刃が、硬さを取り戻す。

「俺もだよ」

言うと、夕侑が嬉しそうに目を細める。

そしてまた、ふたり欲望の海へと沈んでいった。

＊　＊　＊

まぶしい朝の光に、目を覚ます。

シーツの上で寝返りを打とうとした獅旺は、左腕にいつもの重さがないことに気がついて瞳を瞬かせた。

自分はヒト型のままだ。なのにより添う体温がない。

首をめぐらせると、こちらに背中を見せてベッド脇に座る恋人の姿があった。裸のままで俯いている。

手を伸ばして、彼の腰に触れようとすると、ヒクッとしゃくりあげる音が聞こえた。

「夕侑？」

呼びかけると、細い肩が小さく跳ねる。

「あ……獅旺さん」

振り向いた夕侑の目は赤かった。まるで今まで泣いていたかのように。

「どうした？」

獅旺はガバリと上半身を起こした。そうして肩を掴んでこちらを向かせた。

「何かあったのか」

「い、いいえ」

夕侑が焦った顔で首を振る。

「何でも、ありません」

「けど、泣いてただろ？　俺が何かしたか？」

「違います」

夕侑はさらに大きく首を振った。

「獅旺さんが何かしたわけじゃないです。僕が……」

「お前が？」

手を目尻にあてて涙を拭う。

「はい、僕が、……その、勝手に、どうしていいのかわからなくなって」

言葉の意味がわからなかった獅旺は眉をよせた。

するとタ侑はまた、目に涙を浮かべた。

「……嫌われたら、どうしようかって」

「え？」

「獅旺さんに、嫌われたら、僕はどこにいけばいいんだろうって、考えていたら」

「なんで俺が嫌うんだ」

「けど、昨夜、怒ってたから」

「怒ってた？」

獅旺が驚くと、夕侑がコクンと頷く。

「昨夜、怒ったみたいに、なっていたから。僕が重い発情で、煩わせたんじゃないかって。だから不愉快になったのかなって」

「俺が不愉快になってた？」

そんな素振りをした覚えはないが、なにか誤解を招くようなことをしただろうか。

「……はい。この部屋にきてから、僕のフェロモンが強くなって、そしたら急に不機嫌になって……。それで、いつもより強引な様子で、……その、してる最中も怖くなってたし、だから」

「…………」

獅旺は昨日の晩のことを思い出した。そうだ、夕侑をバスルームに連れていくとき、確かに自分は機嫌がよくなかった。しかし、それは——。

「僕は発情すると、自分でも何が何だかわからなくなっちゃうから……番になれば、発情期も少しは安定するかと思ったのに、まったくそんな感じもないし。これから先もずっと、こんなんじゃ、獅旺さんにも呆れられると思ったら、……捨てられるんじゃないかって」

引き結んだ唇のはしが震えている。下まつげにたまった涙が、ぽたりとシーツに落ちた。

獅旺は唖然とした顔で夕侑の言葉を聞いていたが、誤解の原因が自分にあることにハッと気がついて、細い肩を揺すった。

「違う。全然違う。俺は怒ってなんかない」

「え……？」

「不機嫌になっていたのは確かだが、あれはお前に対して怒っていたわけじゃないんだ」

「僕にじゃない？」

夕侑が目をあげてくる。澄んだ瞳に、獅旺は嘘がつけなくなった。

決まり悪げに視線をそらし、そうしてボソリと呟く。

「……嫉妬してたんだ」

「え？」

夕侑がキョトンとなった。

「だから、その、嫉妬したんだ」

訳がわからないという顔に、しかたなく説明する。

「お前が、スマホで、あの轟という男と仲よく会話をしていたから」

「轟さん？」

「そうだ」

「でも、轟さんはベータで、ただの友人ですよ」

「わかってる。わかってるけど、俺以外の男と親しくするのは腹が立つんだ」

夕侑は目をまん丸にした。

「……えと」

首を傾げ、言われた内容を頭の中で整理する表情になる。すると、とつぜん顔を真っ赤にした。

「……え？」

挙動不審になって、目を泳がす。

「獅旺さんが、嫉妬？」

狼狽え始めた夕侑の両手を握って、獅旺はうなずいた。

「そうだ」

真実を告げるのは恥ずかしかったが、誤解されたままでいるわけにはいかない。

「……じゃあ、僕の、発情が重荷になってたわけじゃないんですか」

「あたり前だ」

「あんなに、恥ずかしいこと言ったりしたりしたんですけど、嫌われたわけじゃないんですね」

「嫌うか。むしろ嬉しい」

「えっ」

夕侑がビックリして手を引こうとする。それを強く握って引きよせた。

「普通のときのお前も可愛いが、発情（ヒート）になって乱れるお前も、ものすごく可愛いかった」

「…………」

言いながら、面と向かってこんなことを伝えるのは初めてだと気がついた。夕侑が赤い顔で、黒いまつげをパチパチと忙しなく動かす。

「そうですか。なら、……ええと、よかった。嫌われたんじゃなくて」

「あたり前だ。誤解させて悪かったな」

「いいえ、僕こそ早とちりして、恥ずかしかったです」

焦り気味に俯く姿がどうしようもなく愛おしい。

「夕侑」

獅旺は思いついたことを、とっさに口にした。

「一緒に暮らそう」

「え」

「俺は今、都内で両親と一緒に暮らしている。けれど、そこを出て、別の場所に部屋を借りる」

こんなに可愛い番を、ここにおいて家に帰るなんてことはできない。四六時中一緒にいたい。

「そうしたら、お前がいつ発情しても、俺が相手をしてやれる」

獅旺の言葉に、夕侑が信じられないという表情になった。

「本当に？」

「ああ」

「一緒に……暮らすんですか」

「ずっとな」

そうすれば、諸々の心配事も解決するだろう。

「アルバイトもすればいいし、買い物だって自由にいける。シェルターももう必要ないだろう。いつも一緒にいられれば俺も安心だ」

「アルバイトも……」

「俺は大学生だから、そこから大学に通う。お前は通信で勉強をする。将来はそれぞれ目指す道を進んでいく。協力しながら。そんな未来はどうだ」

夕侑が呆然とため息をついた。

「……すてきです」

「一緒に暮らしたら、毎日、ケーキも買って帰る」

「獅旺さん」

「それを食べながらたくさん話をしよう」

もう悲しませたり、悩ませたりしないように。

理解しあって、互いの信頼を築いていくために。

「そうすればきっと、毎日が、ふたりの記念日になるだろうから」

「夢みたいです」

やっと自然に笑った相手に、獅旺は安堵した。

腕を伸ばして、まだほんのり甘い香りが残る身体を抱きしめる。

窓から差しこむ朝日に、夕侑の黒いまつげや瞳が美しく輝いた。

誘われるようにして目元に口づけると、腕の中でくすぐったそうに小さく笑う。

その、幸せに満ちあふれた小鳥のような笑い声は、部屋の中に、いつまでも明るく響いていた。


【終】

恋人は甘党

《紙書籍限定書き下ろし》

テーブルに運ばれてきたデザートを見て、夕侑は目を輝かせた。

ふたりでドライブに出かけた春の昼さがり。

その途中に立ちよったカフェで、メニューに特大パフェがあり、夕侑が興味津々に見つめていたから獅旺が注文してやったのだった。

「しかし、思ったよりデカいな。ふたりで食べきれるか？」

足つきの大皿には、数種類のアイスクリームに生クリーム、プリン、果物、そしてケーキまでのっている。獅旺は見ているだけで胸焼けがしそうになったのだが対面に座った夕侑は瞳をキラキラさせた。

「すごい、こんなデザート初めて……」

大盛りのパフェをうっとりと眺めている。

どう見ても四人前はありそうな分量に獅旺は怯んだけれども、夕侑は嬉しそうにスプーンを手にした。

そうしてニコニコしながら食べ始める。

「アイスもプリンもケーキも、すごく美味しいです」

ホウッとため息をつきつつ、次々と口に運んでいく。

「俺はもう無理だよ」

口の中が甘くなり、獅旺は一人前ほど食べたところでギブアップした。

その残りを、夕侑がひとりできれいに平らげてしまう。

「ああ、美味しかった。スイーツでお腹いっぱいになるなんて夢みたい……」

最後に温かい紅茶を飲みながら満足げに呟く。

どうやら恋人の別腹は底なしらしい。知らなかった一面を発見して、獅旺は驚かずにはいられなかった。

「夕侑は甘党なんだな」

「そうですね、和菓子も洋菓子も甘い物は何でも大好きです」

「甘味に関しては俺より大食いだ」

クスリと笑うと、照れて恥ずかしそうにする。その様子が可愛いかった。

会計をすませて、駐車場にとめてあった車に戻ると、エンジンをかける前に助手席に身を乗り出す。

「甘い匂いがする」

「え？」

夕侑はシートベルトをしめようとしていた手をとめた。こちらを向きながら、小ぶりの鼻をスンと鳴らす。

「発情はしてないと思いますけど……」

「うん、してないな」

獅旺は微笑みながら顔をよせていった。

「じゃあ、パフェのせいでしょうか。たくさん食べたし」

「どうだろう」

ささやきながら少し首を傾げる。すると夕侑が目を瞬かせた。

「パフェも美味かったが、俺はどっちかというと、この可愛いスイーツのほうが好みだな」

「……獅旺さ」

何か言おうとする唇に、自分のそれを重ねる。

「ん……」

長いまつげがわずかに震えた。

まだキスに慣れない反応が初々しい。

そうして獅旺はしばしの間、甘く蕩けるようなやわらかいデザートを堪能した。


【終】

あとがき

このたびは『偏愛獅子と、蜜檻のオメガ ～カースト底辺は獣人御曹司に囚われる～』をお手に取ってくださり誠にありがとうございます。

本書は投稿サイトｆｕｊｏｓｓｙ様主催の『第一回ｆｕｊｏｓｓｙ小説大賞・春』にて大賞を受賞した作品を、大幅に加筆修正したものです。

獣人オメガバースの長編に挑戦したのは初めてで、どうせ書くのなら思いつく限りの萌えを全部つめこんでしまえ！　とばかりに色々なシチュのＨシーンを考えました。一応、一棒一穴主義なのですが３Ｐ場面はギリギリまで攻めています。

切なくも甘々なストーリーを、少しでも楽しんでいただけたら幸いです。

そして美しいイラストを描いてくださったのは北沢きょう先生です。挿絵担当が北沢先生に決まったと報告を受けたときは「ホントに！」と嬉しくて思わず叫びました。ラフを見たときは自分の中でおぼろげだった登場人物たちが命を吹きこまれたようで感激しました。

最後に、サイト掲載時から応援してくださった皆様、選出してくださった編集部の方々、お世話になった担当様、編集や販売に携わってくださった全ての方にお礼申しあげます。

素敵なデビューの機会を、本当にありがとうございました。

伽野せり

エクレア文庫

書店にて好評発売中！

電子書籍ストア人気作品
待望の書籍化！

金獅子王の
寵愛オメガは笑わない

柚月美慧 著／にむまひろ 画

- 諦めたはずの身分違いの恋。
  シングルマザーオメガの運命が再び動き出す──。
- 金獅子アルファの国王×妖艶で勇猛果敢なオメガ兵士＆
  2人の愛息子ふわふわ仔ライオン♡

ISBN 978-4-434-29203-3

エクレア文庫をお買い上げいただきありがとうございます。
作品へのご意見・ご感想は右下のQRコードよりお送りくださいませ。
ファンレターにつきましては以下までお願いいたします。

〒162-0814
東京都新宿区新小川町4-1 KDX飯田橋スクエア3F
株式会社MUGENUP エクレア文庫編集部 気付
「伽野せり先生」／「北沢きょう先生」

エクレア文庫

偏愛獅子と、蜜檻のオメガ
～カースト底辺は獣人御曹司に囚われる～

2021年8月26日　第1刷発行

著者：伽野せり
イラスト：北沢きょう

発行人　**伊藤勝悟**
発行所　**株式会社MUGENUP**
〒162-0814 東京都新宿区新小川町4-1 KDX飯田橋スクエア3F
TEL：03-6265-0808（代表）　FAX：050-3488-9054
発売所　**株式会社星雲社（共同出版社・流通責任出版社）**
〒112-0005 東京都文京区水道1-3-30
TEL：03-3868-3275　FAX：03-3868-6588
印刷所　**株式会社暁印刷**

カバーデザイン◉spoon design（勅使川原克典）
本文デザイン◉五十嵐好明

Printed in Japan
ISBN 978-4-434-29332-0